SUPPLÉMENT

AU

THÉATRE CHOISI

DE

FEU M. DE KOTZEBUE.

SE TROUVE:

Chez MASVERT, Libraire, sur le Port ,
Et *chez* CAMOIN, frères, Libraires, place Royale.

AUGUST von KOTZEBUE.

Assasiné à Manheim le 23 Mars 1819,
par un étudiant de L'Université d'Erlangen
appelé Charles Sand.

ena, ce 4 Juillet 1799.

Messieurs!

J'apprends par les papiers publics que Vous m'avez fait l'honneur de donner une traduction de plusieurs de mes pieces, & que Vous vous proposez d'en former une collection, sous le titre de Theatre de Kotzebue. Je me sens extremement flatté de la preference que Vous avez bien voulu m'accorder, & vous m'obligeriez infiniment, si vous vondriez m'envoyer un Exemplaire de Votre traduction.

En outre, pour vous marquer ma reconnoissance, j'ai cru devoir vous annoncer, que je possede encore 8 Manuscrits, qui ne seront imprimés en Allemand qu'après deux ans. Si vous souhaiteriez peutetre vous en servir pour une traduction avant ce terme, vous n'auriez qu'à me marquer vos intentions, & l'honoraire que les circonstances vous permettront de m'accorder.

J'ai l'honneur d'etre

Votre

tres humble & tres obeissant Servit
Auguste de Kotzebue

SUPPLÉMENT

AU

THÉATRE CHOISI

DE FEU

M. DE KOTZEBUE.

AVEC LE PORTRAIT DE L'AUTEUR, UN *FAC SIMILE* DE
SON ECRITURE, ET UN AVANT-PROPOS CONTENANT
UNE COURTE NOTICE SUR SA VIE, ET QUELQUES DÉ-
TAILS SUR *CHARLES SAND*, SON ASSASSIN.

PAR MM. J. B. de M. et W.

MARSEILLE,

DE L'IMPRIMERIE DE GUION, RUE D'AUBAGNÉ.

1820.

TABLE DES MATIÈRES.

AVANT - PROPOS.

Nous nous proposions de placer à la tête de ce volume une Notice Historique sur la Vie de Kotzebue, et une Analyse du Procès de son assassin. Mais comme l'instruction de ce procès paraît se prolonger d'une manière indéfinie, pour ne pas différer plus long-temps la publication des deux Drames intéressans dont notre volume est composé, nous nous bornerons à consigner ici quelques détails préliminaires qui nous ont paru indispensables.

Auguste de Kotzebue, naquit le 3 mai 1761 à Weimar, où son père était conseiller de légation. A peine âgé de vingt ans, il fut appelé à Pétersbourg par le comte de Goetze, ami de son père, et alors ministre de Prusse en Russie. Le jeune Kotzebue se rendit dans cette capitale en qualité de secrétaire du général du génie Baver, qu'il servit jusqu'à sa mort dans plusieurs négociations, et fut recommandé dans son testament à l'Impératrice qui nomma Kotzebue conseiller titulaire, en ordonnant qu'il fût placé dans l'administration de Revel. Il fut en conséquence nommé en 1783, assesseur au premier tribunal, puis président du gouvernement, place qu'il occupa dix ans avec le grade de lieutenant-colonel. Sa santé l'ayant obligé à cette époque de demander sa démission, le sénat

lui donna un grade supérieur, et il se retira en
1795 dans une petite propriété, nommée Frie-
denthal, à 48 werstes de Nerva, où il se con-
sacra tout entier à sa famille (il s'était marié en
Russie) et à la littérature. Déjà il avait composé
pour le théâtre de l'impératrice plusieurs pièces
qui avaient contribué à lui attirer les grâces qu'il
en obtint. Bientôt ses drames de Misantropie et
Repentir, des **Deux Frères**, du **Fils Naturel**,
de la Victime Volontaire, et quelques autres encore, vinrent mettre le sceau à sa réputation, et
le firent connaître en France.

Ayant été nommé en 1795 directeur du théâtre
de Vienne, il se rendit dans la Capitale de l'Au-
triche, qu'il quitta au bout de trois ans pour
retourner en Russie, malgré les représentations
qui lui furent faites sur les dangers qu'il pouvait
courir, d'après l'humeur soupçonneuse de Paul Ier.
En effet, à peine était-il arrivé sur les frontières
de l'empire Russe, qu'il fut arrêté par ordre de
l'empereur et exilé en Sibérie. Il chercha à s'évader
en route, erra quelques jours dans les forêts de
la Livonie, fut repris par ses conducteurs, et arriva enfin à Tobolsk à travers mille dangers, puis
à Kurgan, lieu de son exil. Il y resta néanmoins
fort peu de temps. Au bout de trois mois, un
dragon lui apporta sa liberté, et l'ordre de se
rendre auprès de l'empereur. Paul le reçut bien,
lui fit des excuses, lui donna une terre en Livonie, et le créa directeur du théâtre Allemand

avec des appointemens considérables. Après la mort de ce souverain, Kotzebue se rendit à Weimar, de là à Berlin, fit un voyage à Paris, retourna en Prusse, où il entreprit un journal intitulé *le Sincère*, et commença dès-lors une car- rière politique qui excita contre lui toute l'ini- mitié d'un parti dont il a fini par être la victime.

Kotzebue fut assassiné à Manheim le 23 mars 1819 par un étudiant de l'université d'Erlangen, dans la poche duquel on trouva un billet contenant ces mots : *Sentence de mort d'Auguste de Kotzebue.* Voici de quelle manière parle de cet événement déplorable l'auteur d'un ouvrage qui a paru à Londres, dans le courant de l'été dernier.

« Le jeune étudiant de théologie, Charles-Louis Sand, est né d'une famille très - respectable à Weisendel, dans le margraviat de Bareuth. Sa modestie et sa douceur étaient si grandes, qu'il se faisait aimer de tous ceux qui l'approchaient. Ses études étant terminées, il quitta Jéna à pied, sans faire ses adieux à personne, ni communi- quer ses intentions. Il arriva à Manheim, où il s'annonça comme étudiant d'Erlangen et sous le nom de Henriks. Dès son arrivée, Sand s'informa de la demeure de Kotzebue, et il se présenta chez lui un matin, à deux reprises, prétendant qu'il avait à lui remettre des lettres de sa mère ; mais il ne put être reçu. Sand retourna à son hôtel, où il dîna avec beaucoup d'appétit ; et après, il retourna chez Kotzebue. Un domestique fut l'annoncer, et le fit attendre dans une pièce, où il lui dit que M. de Kotzebue allait se rendre dans un moment.

Kotzebue était entouré de sa famille et d'une nombreuse société. On assure que tenant son fils, âgé de deux mois, il disait avec une grande émotion, en se tournant vers les dames présentes : *j'avais exactement l'âge de cet enfant quand mon père mourut !*

Sand employa l'intervalle qu'on lui laissa à se préparer à frapper sa victime; car aussitôt que Kotzebue entra dans l'appartement, il se sentit poignarder avec une telle force, que l'arme pénétra la quatrième côte à gauche, et fit une blessure mortelle au cœur. Tous les deux tombèrent; mais Sand se releva, et lui fit trois autres blessures. Les cris de Kotzebue attirèrent un domestique qui le trouva baigné dans son sang, tandis que le meurtrier, à genoux à côté de lui, tenait le poignard d'une main, et contemplait froidement sa victime. Bientôt les femmes, effrayées, se précipitent dans la chambre, où elles trouvent cet horrible spectacle. Kotzebue avait déjà perdu beaucoup de sang et rendait le dernier soupir. Sand tenait son arme ensanglantée, et, sans prendre garde à ce qui se passait autour de lui, il contemplait avec assurance le corps de Kotzebue.

Aussitôt que la foule entra dans l'appartement, il se leva et descendit rapidement, en s'écriant d'une voix haute : *le traître a tombé !* La rue était encombrée par les curieux ; il la traversa avec violence, en jetant un coup - d'œil d'indignation aux fenêtres où plusieurs personnes criaient *à l'assassin.* Il leva son poignard qu'il tenait d'une main, tandis qu'il avait un écrit de l'autre, et dit : *Je suis le meurtrier ; c'est ainsi que devraient mourir tous les traîtres !...* Ses gestes et son langage étaient si expressifs, que personne ne cherchait à l'arrêter ou à le désarmer. Après son exclamation, l'enthousiaste se mit à genoux avec sang-froid et solennité, et regardant dans la maison de Kotzebue, il joignit ses mains, et leva ses yeux au ciel, eu disant : *Je te remercie, mon Dieu, de m'avoir permis de mettre à exécution, et avec succès, cet acte de justice.*

Ces expressions et le papier qu'il tenait, sur lequel était écrit, *Coup à mort pour Kotzebue, au nom de la vertu,* firent croire au public que son esprit était dérangé. Mais aussitôt qu'il eut achevé de parler, il déchira ses vêtemens, et à plusieurs reprises il se poignarda et tomba dans son sang. L'autorité donna des ordres pour le faire transporter à l'hôpital, où ses blessures furent pansées avec soin.

On peut se figurer la sensation que cet événement produisit dans Manheim, et par suite dans toute l'Allemagne. Un exprès fut envoyé à Jéna, pour faire mettre les scellés sur les papiers de Sand ; mais rien ne fut trouvé qui pût donner la moindre satisfaction sur la question mystérieuse de la cause de cet événement, à l'exception du commencement d'une lettre ainsi conçue : *Je pars pour trouver ma destinée* : L'ÉCHAFAUD ! Il n'y avait pas la moindre trace de complicité dans ses papiers. Les poëmes de Korner étaient posés sur son secrétaire, et paraissaient être le dernier livre que Sand avait lu avant son départ.

Dans l'hôpital, toutes les attentions étaient prodiguées à l'état de Sand ; des ordres étaient donnés par la plus haute autorité de Carlsruhe, de n'épargner aucun des moyens que la faculté de médecine pouvait avoir, pour lui conserver la vie, dans l'espérance que son rétablissement le mènerait à quelques confessions importantes. Étant un peu revenu à lui, après des espèces d'attaques de nerfs, occasionnées par la perte excessive de son sang, le premier effort de Sand fut de déchirer les enveloppes qui serraient ses blessures ; ses gardes ne pouvaient venir à bout de l'en empêcher, et l'on fut obligé de lui ôter l'usage de ses mains.

Après l'examen des blessures de Sand, on vit que le poignard n'avait pas attaqué le cœur ; mais les poumons étaient dans un état qui laissait peu d'espérance pour le sauver ; on entrevit cependant le possibilité de prolonger un peu son existence, et de lui faire recouvrer assez de force pour lui permettre de répondre aux questions des magistrats. En effet, Sand a retrouvé l'usage de la voix, mais il ne s'en est servi que pour dire quelques prières ; on a remarqué qu'il endurait ses souffrances les plus grandes avec une patience et une résignation héroïques.

Son extérieur séduisant et sa satisfaction apparente inspirent l'intérêt à un tel point, qu'un grand nombre de personnes vont le voir ; il a été interrogé deux fois par jour, toutes les fois que son état l'a permis. Il est convenu qu'il avait médité pendant six mois la mort de Kotzebue ; qu'il avait long-temps combattu cette résolution avant de l'exécuter.

Sand plaint la famille de Kotzebue, quoiqu'il regarde l'action qu'il a faite comme méritoire, et qu'il se considère lui-même comme un Brutus qui a délivré son pays. Ces détails peuvent être regardés comme de la plus grande exactitude : dans tous ses interrogatoires, il a fait les mêmes réponses. Il a constamment soutenu qu'il n'avait point de complice, et qu'il n'avait été nullement engagé dans aucune conspiration ; malgré tous les efforts qu'on a faits pour tâcher d'avoir des réponses plus satisfaisantes, il n'est jamais sorti de celles dans lesquelles il s'était renfermé. Les pensées et la situation d'esprit de Sand se trouvaient exprimées sur la grande feuille de papier déjà mentionnée, où il avait écrit : *Coup de mort pour Auguste de Kotzebue.* Il avait ajouté : « La vérité se trouve dans la liberté et l'unité. L'infamie, qui ne rougit jamais, n'est pas celle qui ronge notre sang, etc. ».

Le style et le caractère de cet écrit ne laissent

** **

aucun doute sur la cause qui a poussé Sand à cet assassinat. Après la mort de Kotzebue, on a trouvé sur la poitrine de Sand un ruban vert, sur lequel était écrit : « Je me dévoue à la mort ! Ne suis-je pas de sang-froid ? Aurais-je passé le Rhin pour m'en retourner sans victoire ? ».

Dans ses momens les plus tranquilles, il est dans l'habitude de demander la bible, et parle sans cesse de religion ; il lit également, parfois, les *Œuvres de Schiller et de Korner.* L'envie de le voir est devenue si grande, qu'on a été obligé de le placer dans l'endroit le plus retiré de l'hôpital. Il est toujours servi avec la plus vive sollicitude.

Par suite d'un ordre du grand duc de Bade au ministre de la justice, une commission spéciale a été nommée sous l'autorité du chancelier de cour, le baron Hokkenhurt, pour faire continuer tous les soins de la médecine ; en conséquence on a fait venir M. Chevins, de Heidelberg, réputé pour le meilleur docteur, et dont l'avis était de faire une opération qu'il jugeait nécessaire pour prolonger la vie du malade. Sand, non-seulement s'est refusé à toute mesure de se genre, mais a résisté obstinément de tous ses efforts. Le capitaine avec lequel il servit en 1815, a écrit la lettre suivante : « J'ai eu des occasions fréquentes d'observer ce jeune homme, et de jour en jour mon estime augmentait pour sa conduite, ses manières, son amour enthousiaste pour la vérité ; il était modeste et doux, surtout libre de toute

passion violente : ainsi je ne puis considérer l'action de Sand comme venant de fanatisme, mais
bien d'un commencement de folie. »

Il nous reste deux mots à dire sur Kotzebue,
considéré comme auteur dramatique, et en particulier sur les deux drames dont ce volume est
composé.

Il semble qu'il soit de la destinée de cet écrivain
de voir la prévention attaquer chacun de ses ou-
vrages, et de triompher toujours de la prévention.
Tout ce que l'on dit en France contre ses drames
a été dit en Allemagne, et cependant tous les
théâtres les y représentent avec un succès prodi-
gieux. Une originalité piquante, une sensibilité
profonde, une connaissance parfaite du cœur
humain distinguent surtout Kotzebue. On a
beau s'en défendre : quand on assiste à ses pièces
il faut tour-à-tour sourire et pleurer. Il est vrai
qu'en France des personnes de goût semblent
affecter de dédaigner un genre qui fait briller
presque au même instant sur le visage du spec-
tateur le sourire de la joie et les larmes de la
sensibilité : mais ce genre est dans la nature.
C'est même, nous osons le dire, celui qui s'en
rapproche le plus ; et par là même il est plus
propre qu'un autre à influer sur la morale publique. Le drame des *Deux Frères*, qui a balancé
en Allemagne le succès de *Misantropie et Repentir*
en est une preuve. *Kotzebue* dit dans la préface
qui est à la tête de cet ouvrage, qu'au sortir

de la première représentation, deux frères long-
temps désunis se jetèrent dans les bras l'un de
l'autre, et se jurèrent une éternelle amitié. Quel-
ques-uns des journalistes qui, dans le temps,
rendirent compte du succès de ce drame au
théâtre français, ne saisirent pas assez le grand
mérite qui résulte de la simplicité de l'action.
Il était sans doute difficile de faire une pièce
dont le dénouement est annoncé par le titre
même (1). L'auteur allemand en est venu à bout
de la manière la plus heureuse. Il faut voir re-
présenter l'ouvrage pour en juger. Cœurs sen-
sibles, allez, sans aucune prévention, voir les
Deux Frères, et rendez justice à *Kotzebue* !

Le premier drame qu'on lira, dans ce volume,
porte en allemand un titre qu'il est impossible
de rendre en français d'une manière satisfai-
sante. L'auteur attachait un grand prix à cet
ouvrage. Il nous avoua, dans l'intimité de la confiance, lors de son voyage à Paris, qu'il lui donnait
la préférence sur toutes ses autres pièces. J'avais
le projet de l'arranger pour le Théâtre-Français,
mais des occupations d'un autre genre m'en ont
toujours empêché. Feu *Patrat* et M. *Weiss* vou-
lurent le risquer sur un théâtre secondaire, sous
le titre d'*Honneur et indigence* ; mais ce que j'a-
vais prévu arriva : la pièce ne réussit point. Il

---

(1) **Kotzebue** a intitulé son drame : *la Réconciliation.*

serait trop long, et parfaitement inutile d'exposer ici tout ce qui concourut à faire échouer cette tentative. J'y reviendrai, si je termine jamais le travail que j'ai entrepris pour faire passer sur notre scène, un sujet fort beau sans doute, mais qui présente les plus grandes difficultés.

Le drame *Das Kind der Liebe* (l'Enfant de l'amour, ou le Fils naturel) est connu de presque toute l'Europe. Il passe pour une des meilleures pièces de Kotzebue, et se joue très-souvent en Allemagne, en Hollande et ailleurs. On y rencontre plusieurs traits lancés contre le clergé et la noblesse, ce qui prouve que l'auteur fut long-temps séduit par les principes dangereux qu'il a ensuite combattus avec tant d'énergie.

Bien des gens ont trouvé au héros de la pièce un ton trop déclamateur. On lui reproche de se permettre des expressions dures et offensantes envers son père après l'avoir reconnu. Cela peut être vrai; mais l'auteur n'a pas voulu peindre un homme parfait, et l'on peut supposer que *Frédéric*, malheureux dès sa naissance, n'a point appris, dans son métier de soldat, à adoucir par l'usage du monde et la réflexion, la fougue de son caractère. On doit d'ailleurs faire grâce à ce défaut en faveur du rôle neuf au théâtre et très-difficile du baron de Wildenheim; de belles scènes entre celui-ci et M. Erman; du caractère aimable et naïf d'Amélie; des développemens heureux du cœur humain dans le rôle de

Wilhelmine. La traduction d'une partie de cette pièce est d'une dame étrangère pleine de mérite qui a voulu garder l'anonyme. Cette traduction avait, dans le temps, été imprimée à Bruxelles. Elle se distingue par une grande fidélité.

ROBERT MAXWELL,

ou

LA VICTIME VOLONTAIRE;

DRAME EN TROIS ACTES.

A C T E U R S.

~~~~~~~~~~~~~

ROBERT MAXWELL , négociant.

ARABELLA , femme de Robert Maxwell.

La vieille MÈRE , aveugle.

HARRY , jeune fils de Robert et d'Arabella.

FRANÇOISE , servante d'Arabella.

Le Propriétaire de la maison.

Un Juif.

HARRINGTON.

FLOOD , négociant.

WALWIN , ancien rival de Robert Maxwell.

ROBERT MAXWELL,

DRAME.

ACTE PREMIER.

Un bel appartement avec quelques meubles de peu de valeur.

SCÈNE PREMIÈRE.

ARABELLA, *occupée à un travail de main,*
LA VIEILLE MÈRE, AVEUGLE, *assise sur son fauteuil, les mains appuyées sur ses genoux.*

LA MÈRE.

Thomas !

ARABELLA,

Qu'ordonnez-vous, ma chère maman ?

LA MÈRE.

Rien, madame ma fille. J'appelle Thomas.

ARABELLA, *embarrassée.*

Thomas... est malade....

LA MÈRE.

Malade !... Le pauvre garçon !... Eh bien, faites-en venir un autre.

ARABELLA... *avec embarras et émotion.*

Chère maman, vous avez une commission à

I

donner.... ne pourrai-je pas la remplir moi-même ?

LA MÈRE.

· Soit... si vous voulez avoir cette complaisance. Il s'agit de m'apporter mon déjeûner ... Voilà déjà trois fois aujourd'hui que je le demande envain.

ARABELLA, *s'efforçant de parler avec assurance.*

Le déjeûner !... A l'instant , ma chère maman.

(*Elle quitte le travail , se lève, et joint les mains en soupirant.*)

LA MÈRE.

Le matin , dès que je me lève , il faut que j'aie mon biscuit et ma tasse de thé ; sans quoi mon èstomac en souffre. J'y suis accoutumée depuis cinquante ans ; et il n'est pas dans l'ordre qu'une femme âgée et aveugle, attende , pendant des heures , quelques cueillerées d'eau tiède.

ARABELLA.

Mille pardons , chère maman. Françoise est sortie pour aller chercher vos biscuits. Vous savez combien elle est lente !...

LA MÈRE.

Mais pourquoi , je vous prie , envoyer justement Françoise ? N'avons-nous pas dans la maison plus de gens qu'il ne nous en faut ?

ARABELLA.

(*à part en soupirant*) Que lui dire ! (*haut*) Chère maman, nous en avons réduit le nombre... et la gêne que nous éprouvons. . .

LA MÈRE.

Fort bien... Mais devrais-je en souffrir ?... Quand j'épousai feu mon mari, nous n'étions opulens ni l'un ni l'autre... Et quand j'eus mis au monde mon fils Robert, j'ai souvent réduit mes dépenses pour ne le laisser manquer de rien. Maintenant c'est son tour. Quand les enfans sont petits, la mère se gêne pour eux..; et quand la mère devient âgée, c'est aux enfans à se gêner pour elle.

ARABELLA.

Oh! nous le faisons de tout notre cœur.

LA MÈRE.

Permettez-moi de vous le dire, madame ma fille, il règne depuis quelque temps un grand désordre dans la maison. Je suis aveugle, à la vérité... Cependant je m'apperçois de bien des choses, et j'y vois plus clair que je ne voudrais.

ARABELLA.

Vous savez que mon Robert a essuyé des pertes considérables dans son commerce.

LA MÈRE.

Eh ! mon enfant, quel est le négociant qui oserait se flatter de réussir en tout au gré de ses vœux ?

ARABELLA.

Il s'est beaucoup ressenti de la banqueroute de Belton.

LA MÈRE.

Mais du moins il n'a pas fait banqueroute lui-même.

ARABELLA.

(*à part en soupirant*) Puisse-t-elle dire vrai !

LA MÈRE.

Les biens étaient considérables... et quand même il y aurait quelque chose de perdu , ce ne serait pas une raison pour retrancher le déjeûner de la maman. D'ailleurs je connais mon Robert; il n'oubliera pas que mon sein lui a donné sa première nourriture. Quoique ma santé fut faible alors , il n'eut pas d'autre nourrice que moi... aussi aimerait-il mieux, j'en suis sûre , se priver lui-même d'un bon morceau , que de souffrir que sa mère manquât du nécessaire.

ARABELLA.

Oh ! oui sans doute... il le fait.

LA MÈRE.

Et, avec votre permission, madame ma fille , ce que vous feriez maintenant pour moi... votre petit Harry vous le rendrait un jour dans votre vieillesse.

ARABELLA.

Chère maman , vous ne croyez sûrement pas que ma négligence...

LA MÈRE.

Ma fille , ne prenez pas ce que je dis en mauvaise part. Je ne veux pas m'ériger en juge.

ARABELLA.

(*à part en soupirant*) Hélas ! j'ai travaillé toute la nuit !...

SCÈNE II.

Les précédens, HARRY.

HARRY.

Maman, est-il temps ?

ARABELLA.

Bientôt.

HARRY, *d'un air confiant et à demi voix.*

Je vais te dire quelque chose, maman... J'ai faim.

ARABELLA, *émue et retenant ses larmes.*

Tout-à-l'heure, mon ami... attends seulement que Françoise soit de retour.

LA MÈRE.

Quoi ! le pauvre garçon n'a pas encore eu son déjeûner non plus ? Bon Dieu ! ne dirait-on pas qu'il n'y a pas un morceau de pain dans la maison ?

ARABELLA, *à part.*

Hélas !

LA MÈRE.

Viens ici, mon enfant, tu as donc faim ?

HARRY.

Oui, ma bonne maman.

LA MÈRE.

N'as-tu rien mangé d'aujourd'hui ?

HARRY.

Pas une miette.

LA MÈRE.

Pauvre enfant ! Et peut-être encore as-tu soupé hier de bonne heure.

HARRY.

Hier au soir je n'ai pas soupé.

LA MÈRE.

Est-il possible !...

ARABELLA.

Harry a mangé hier tant de groseilles, qu'il y aurait eu de l'inconvénient à ce qu'il soupât. C'est pour ménager sa santé...

LA MÈRE.

Mauvaise excuse !... il faut que les enfans mangent. Pour les faire grandir, il faut leur donner de la nourriture.

ARABELLA.

(à part) Oh ! je voudrais pouvoir lui donner tout mon sang.

LA MÈRE.

Harry, prie ta maman de te donner un petit pain.

HARRY.

Maman, veux-tu avoir la bonté de me donner un petit pain?

ARABELLA.

Encore un petit moment. Françoise ne tardera pas.

LA MÈRE.

Eh! pourquoi l'attendre, je vous prie ? Quand mon Robert était de son âge... il me tourmentait aussi quelquefois : alors je quittais mon ouvrage... et j'allais fort bien lui donner moi-même ce dont il avait besoin... Apparemment les

dames d'aujourd'hui sont devenues trop délicates
pour . . .

ARABELLA.

N'achevez pas, chère maman; vous me faites-
là un reproche injuste. Nous n'avons justement
pas de petits pains dans la maison.

LA MÈRE.

Tant pis.

HARRY.

Ne gronde pas, bonne maman : je vais courir
au-devant de Françoise. (*Il sort en courant.*)

SCÈNE III.

ARABELLA, LA MÈRE.

LA MÈRE.

Non, ma fille, je ne puis vous cacher plus
long - temps ma façon de penser... Ne vous of-
fensez pas de ce que je vais vous dire.

ARABELLA.

Vos avis maternels me sont toujours chers...
même quand ils affligent mon cœur.

LA MÈRE.

Quand mon fils vous épousa... vous le savez...
j'aurais pu ne pas le voir de bon œil.

ARABELLA.

J'étais une fille pauvre...

LA MÈRE.

Sans doute... J'aurais mieux aimé que vous
eussiez eu de la fortune... mais... pensant que
mon fils était riche... il me sembla juste de le

laisser choisir une femme selon son cœur. Si celle qu'il épouse est pauvre, me dis-je alors, elle n'en sera que plus reconnaissante... elle aura soin de moi dans ma vieillesse... peu me suffira ; et ce peu je n'aurai pas besoin de le demander.

ARABELLA.

Oh! sûrement. Tels ont toujours été les plus ardens et les plus sincères de mes vœux.

LA MÈRE.

Ma fille !... depuis peu tout paraît bien changé dans cette maison... les vieilles gens veulent de l'ordre... La jeunesse a des jouissances si multipliées, qu'elle se soumet facilement aux privations... mais la vieillesse est si bornée dans ses plaisirs, qu'elle ne peut se passer de rien... (avec attendrissement) et, cependant, ma fille, je l'avoue, j'aimerais mieux manquer du nécessaire, que d'apprendre que mon petit - fils fût privé de la moindre chose... entendez-vous ?... Cela me va au cœur. Vous êtes sa mère... vous pouvez l'aimer à l'excès... mais je suis sa grand mère, et je l'aime encore plus. (*Arabella essuie ses larmes sans rien dire*)

SCÈNE IV.

Les précédens, HARRY, FRANÇOISE.

HARRY *entre gaîment et en sautant.*

Maman ! maman ! voilà Françoise ! A présent je vais avoir mes petits pains.

ARABELLA *se levant avec précipitation , tire Françoise à part, et lui dit :*

As-tu de l'argent ?

FRANÇOISE.

Non, madame... J'ai bien été en cinq endroits différens... Le croiriez-vous!... on a osé m'offrir trois francs.., d'une broderie comme celle-ci...

ARABELLA.

Trois francs ! C'est à-peu-près ce qu'elle me coûte !

FRANÇOISE.

Sans doute... c'est ce que j'ai dit... mais les barbares cherchent à profiter de notre détresse.

ARABELLA.

Va, Françoise, va vîte chercher les trois francs... Apporte du thé pour ma mère, et deux petits pains pour Harry... Quant au dîner, Dieu y pourvoira... Je ne puis plus tenir l'aiguille. Mes doigts saignent...

FRANÇOISE, *essuyant ses larmes.*

Pauvre chère maîtresse !

HARRY.

Françoise, as-tu des petits pains ?

FRANÇOISE.

Viens, mon petit homme, sortons ensemble. Tu les choisiras toi-même chez le boulanger.

LA MÈRE.

Françoise, apporte-moi mon thé.

FRANÇOISE.

A l'instant, ma chère dame.

La Mère.

A l'instant ! C'est ce que j'entends dire depuis une heure. Je m'aperçois bien que je deviens à charge aux gens de cette maison.

Arabella, *à part.*

Dieu du ciel ! toi seul le sais !.., Je fais ce que je puis … aide-moi à résister à quelque chose de plus dur que la pauvreté… Apprends-moi à supporter d'injustes reproches !

SCÈNE V.

Les précédens, ROBERT MAXWELL.

(*Maxwell entre d'un air sombre. A son aspect, Arabella cherche à reprendre un visage serein.*)

Maxwell.

Bonjour, ma mère !… Bonjour, ma chère femme.

Arabella.

Sois le bien venu !.., Tu es sorti aujourd'hui de bien bonne heure.

Maxwell.

(*à la dérobée à Arabella*) Et cependant, partout, je suis arrivé trop tard.

(*Arabella baisse les yeux et soupire*)

La Mère.

Robert, écoute-moi… J'ai des plaintes à te faire…

Maxwell,

Des plaintes !

La Mère.

Tes gens ne valent rien... Je veux dire les domestiques.

Maxwell, *avec un rire amer*.

Les domestiques ?

La Mère.

Oui... On a beau appeler vingt fois... il n'en vient pas un seul.

Maxwell.

Je le crois bien.

La Mère.

Ils n'ont aucun respect pour moi.

Maxwell.

J'en puis dire autant.

La Mère.

Chasse-moi donc tous ces coquins-là.

Maxwell.

Je l'ai déjà fait.

La Mère.

Tu les as chassé tous ?

Maxwell.

Tous.

La Mère.

Hm ! hm ! Tu aurais pourtant dû garder John. Il savait si bien jouer avec le petit Harry !

Maxwell.

C'est sûrement pour cela qu'en partant il a enlevé la petite boîte dans laquelle Harry serrait ses épargnes.

LA MÈRE.

Il a fait cela ! Le méchant homme ! Il y avait,
dans cette boîte, une médaille d'or bien ancienne...
C'était un présent de ma marraine... Mais Pierre
est-il parti aussi ? c'était un homme vertueux...
Il me lisait quelque fois d'une voix claire dans
la Bible.

MAXWELL.

Oh ! cette Bible lui tenait à cœur , et je ne
m'étonne pas qu'il l'ait empochée... Elle était
plaquée en argent.

LA MÈRE.

Le scélérat ! Feu ton père y avait écrit de sa
propre main la date de ta naissance.

MAXWELL.

La date de ma naissance n'est pas perdue pour
cela.

LA MÈRE.

Oh ! je la sais par cœur... Le 14 février 1772.

MAXWELL.

(à part, en tordant les mains) Oh ! qui me dira
le jour de ma mort !

LA MÈRE.

Le vieux Jacob était alors un garçon bien
alerte. Je l'envoyai tout de suite chez ma mère,
qui était absente; il galoppa ventre-à-terre. Tu
n'as pas sûrement chassé le vieux Jacob ?

MAXWELL,

Non... Il est parti de lui-même.

LA MÈRE.

De lui-même ? Pourquoi donc ?

MAXWELL.

Je l'ignore. Il a disparu depuis quelques jours.

LA MÈRE.

Mon enfant, il est arrivé un malheur à ce vieillard.

MAXWELL.

Vous avez raison, ma mère ; le plus grand malheur qui pût lui arriver... Il a cessé d'être honnête-homme.

LA MÈRE.

Impossible.

MAXWELL.

Il a fait des dettes sous mon nom, pour une centaine de livres sterling.

LA MÈRE.

L'infâme !

MAXWELL.

C'est une bagatelle , ma mère. Notre globe est composé des immondices de tous les autres. Devenir vieux, signifie avoir été trompé plus souvent. Un vieillard est un homme qui connaît beaucoup de fripons.

LA MÈRE.

Robert ! Robert ! C'est blasphêmer. Presque toujours la conduite des gens dépend de la manière dont on les traite. Là où il règne de l'ordre,... où les gens ont ce qui leur est dû..., ils ne songent pas à voler.

MAXWELL.

Tout cela est passé , ma mère. Je défie celui qui voudrait me voler à présent.

LA MÈRE.

D'ailleurs là où le ménage est négligé;.. où la
maîtresse de la maison ne prend soin de rien...

MAXWELL *avec vivacité.*

Quoi! ma mère! Arrêtez ma mère !

LA MÈRE.

Là où les vieillards et les enfans sont traités
avec tant d'indifférence...

MAXWELL.

Ma mère!... Pour l'amour de Dieu...

LA MÈRE.

Où la maîtresse de la maison est trop grande
dame pour donner elle-même une tasse de thé à
sa mère âgée et aveugle , et pour couper à son
unique enfant un morceau de pain...

MAXWELL *se précipitant dans les bras de son épouse.*

Arabella! ... pardonne-moi...

ARABELLA , *avec un doux sourire.*

Je n'ai rien à te pardonner.

MAXWELL.

Les reproches injustes...

ARABELLA.

Ils m'affligeraient s'ils étaient mérités.

MAXWELL.

Calomnier un ange !

ARABELLA.

Elle le fait dans une bonne intention.

MAXWELL.

Une femme qui, depuis cinq semaines, nourrit
du travail de ses mains la mère et l'enfant !

ARABELLA.

Peu de femmes peuvent compter cinq semaines aussi heureuses.

SCÈNE VI.

Les précédens, FRANÇOISE, *apportant du thé*, HARRY, *entrant avec des petits pains.*

FRANÇOISE.

Voici du thé.

LA MÈRE.

Enfin !

(*Françoise pose une table devant le fauteuil de la Mère, et verse du thé dans sa tasse.*)

HARRY.

Bonjour, papa. Vois quels beaux petits pains !

MAXWELL.

En as-tu remercié ta mère ?

HARRY.

Non.

MAXWELL *le soulève, le présente à Arabella, et d'une voix étouffée.*

Oh ! remercie-la ! remercie-la !

HARRY.

Je te remercie, ma chère maman.

ARABELLA, *après avoir baisé son fils.*

Pourquoi cela, bon Robert ? Qu'y a-t-il de plus doux pour une mère, que de voir, dans les mains de son enfant, du pain qu'elle a gagné elle-même ?

LA MÈRE.

Que doit donc encore signifier cela ? Ce n'est

pas là ma tasse... Non , ce n'est pas là ma tasse.
(*Françoise regarde Arabella d'un air embarrassé.*)

LA MÈRE.

Tu sais , Robert, que depuis dix ans je prends
toujours mon thé dans ma tasse favorite... Cette
tasse, que John Pringle apporta de la Chine, et
dont il me fit présent à son arrivée. Voilà qu'ils
m'en ont donné une autre...

MAXWELL.

Où est la tasse ?

ARABELLA, *à part à son époux.*

Mon cher ami , je l'ai vendue. Harry n'avait
pas de souliers. J'espérais qu'elle ne s'en apper-
cevrait pas.

(*Maxwell baisse les yeux. La douleur est peinte
sur son visage.*)

ARABELLA.

Me pardonnerez-vous, ma chère maman ? Vous
savez que c'était ma tâche de laver votre tasse
moi-même... je l'ai toujours fait avec tant de
précaution... hier cependant... Dieu sait , comment je l'ai cassée...

LA MÈRE.

Cassée !... Vraiment !... Ah! mon vieux cœur
aussi ne tardera pas à se briser... Je le repète,
tout devient pire , ici , de jour en jour. Ma Bible
est enlevée... La boîte aux épargnes disparaît...
La tasse est cassée... Mon fils! mon fils! Si ton
père le savait! Souviens-toi de ses dernières paroles : que ma bénédiction se change en malédic-

tion, si jamais ta mère se plaint de toi ! Eh bien, je ne me plains pas. Je ne veux point que la bé- nédiction de ton père se change , pour toi, en malédiction. Je veux souffrir et me taire. Viens , Harry ; conduis-moi dans ma chambre : tu y ga- loperas sur ton cheval de bois, et puisse le bruit que tu feras, étourdir mon cœur, et distraire mon affliction !

(*Elle sort conduite par Harry et Françoise.*)

SCÉNE VII.

MAXWELL, ARABELLA.

MAXWELL.

(*Avec un rire amer*) Ha ! ha! ha !

ARABELLA.

(*Posant sa main sur la sienne*) Bon Robert! mets la confiance dans le dieu de l'amour.

MAXWELL.

(*Regardant la main d'Arabella*) Qu'est ceci ? du sang ?

ARABELLA.

En travaillant, j'ai pu me piquer les doigts avec l'aiguille.

MAXWELL.

Voyons !... Dieu!... tes doigts sont tous blessés !

ARABELLA. (*ton badin*)

Cela vient de la petite vanité qui nous fait désirer d'avoir toujours de jolies mains. La peau

3

en devient à la fin si fine qu'elle ne supporte plus
le plus léger travail.

MAXWELL, *profondément ému.*

Grand Dieu !

ARABELLA.

Comme tu prends toujours les choses! Combien
de fois , dans les chaleurs de l'été , ne t'ai-je pas
vu écrire ayant le front couvert de sueur. Est-ce
qu'une goutte de sueur vaut moins qu'une goutte
de sang ?

MAXWELL.

Je t'implore , ô Dieu ! qui m'as de ton seul
mouvement, appelé à l'existence ! Ayes pitié de
moi ! Daigne m'indiquer un moyen honnête ,
quelque chétif qu'il soit , de faire subsister ma
famille. Ah ! chère Arabella! j'ai tout tenté, j'ai
couru ce matin de maison en maison , j'ai voulu
m'engager comme écrivain pour le salaire le plus
modique ; mais envain : on n'avait pas besoin de
moi. Tu le sais pourtant , ô Dieu ! lorsque je
vivais dans l'aisance , si un infortuné se fût pré-
senté à mes yeux... je lui aurais fait copier les
gazettes , seulement pour lui faire gagner quelques sols.

ARABELLA.

Ce qui ne réussit pas aujourd'hui peut réussir
demain.

MAXWELL.

L'écriture , le calcul , et être honnête-homme,
voilà tout ce que je sais.

ARABELLA.

Le ciel aura pitié de nous. Nous souffrons sans l'avoir mérité.

MAXWELL.

Est-ce là une consolation ?

ARABELLA.

Oui, c'en est une, Robert ; une consolation bien forte. Le désespoir n'habite qu'avec le crime. L'espérance sourit à l'homme juste, et la confiance est compagne de l'innocence.

MAXWELL.

De l'espérance ! dans quoi ?... De la confiance ! en qui ?

ARABELLA.

Dans Dieu et les hommes.

MAXWELL.

Les hommes ! ha ! ha ! Que n'as-tu été témoin ce matin ....

ARABELLA.

T'es-tu plaint de ta misère ?

MAXWELL, *avec fierté*.

Plaint ! que le ciel m'en préserve !

ARABELLA.

Pouvaient-ils deviner ?

MAXWELL.

Voilà précisément comme sont les hommes. Celui qui ne paraît pas devant eux avec des jambes de bois, et couvert de haillons... celui qui ne sait pas crier bien haut : je suis malheureux ! je vous demande l'aumône... on passe à côté de lui, sans s'émouvoir de son malheur. Personne ne sait ni ne veut chercher les traces du chagrin sur des joues pâles, ni secourir le malheureux à qui la timidité ferme la bouche.

ARABELLA.

Ne l'as-tu pas fait toi-même bien souvent? Serais-tu assez orgueilleux pour te croire le seul homme bon?

MAXWELL.

Oh! non, non! J'ai tort. J'en ai trouvé un ce matin.

ARABELLA.

Eh bien!

MAXWELL.

Le seul de qui je ne voudrais pas accepter une goutte d'eau, quand une fièvre brûlante me consumerait.

ARABELLA.

Je ne te comprends pas.

MAXWELL, *après un silence.*

Walwin.

ARABELLA.

Ah! pour celui-là!... non, tu ne dois rien en accepter; quoique plus qu'aucun autre, il mérite la confiance des âmes honnêtes.

MAXWELL.

Nous nous sommes rencontrés près l'église St.-Paul. » -- Bonjour, m'a-t-il dit. Comment cela » va-t-il? -- Très-bien. -- Vous avez l'air malade. » -- Une fracture à la jambe m'a forcé de garder

» le lit plus d'un mois. » Là-dessus il me regarde fixement... Je pouvais avoir un air troublé.
Il me saisit la main. J'étais surpris de ce procédé,
quand d'une voix qui, dans tout autre, m'aurait
attendri... » Si vous aviez besoin d'un ami, m'a-
» t-il dit...— Un ami n'est jamais de trop, lui ai-je
» répondu avec indifférence. — Vous ne voulez
» pas me comprendre , a-t-il ajouté... et j'en
» devine la raison. Vous avez tort. On ne doit
» jamais repousser·un véritable ami, sous quel-
» que figure qu'il paraisse. Au reste, si je puis
» vous servir en quelque chose... mettez-moi à
» l'épreuve ; et donnez-moi les titres les plus in-
» fâmes, si je ne la soutiens pas. » En disant
ces mots, il me serre étroitement la main et
s'enfuit.

ARABELLA, *émue.*

Walwin est un honnête-homme.

MAXWELL, *après un silence pendant lequel il exa-
mine Arabella avec un peu de trouble.*

Je conviens que je n'aurais pas dû te faire ce
récit.

ARABELLA *d'un ton de voix qui reproche avec
douceur.*

Pourquoi pas ?

MAXWELL.

Un homme que tu aimais autrefois !...

ARABELLA.

Je suis depuis huit ans ta femme.

MAXWELL.

Un homme qui sûrement t'aime encore !...

ARABELLA.

Des hommes comme lui peuvent m'aimer sans inconvénient.

MAXWELL.

A qui tu aurais donné ta main... si je n'étais intervenu.

ARABELLA.

T'ai-je donné lieu une seule fois de te rappeler ce souvenir ?

MAXWELL.

Le pauvre Walwin fut forcé alors de céder au riche Maxwell. Maintenant Walwin est riche, et Maxwell est réduit à la mendicité.

ARABELLA.

Cela augmente-t-il son mérite... ou diminue-t-il le tien ?

MAXWELL.

Sans moi tu serais une femme heureuse.

ARABELLA.

Suis-je donc malheureuse ?

(*Maxwell soulève la main d'Arabella, et lui montre ses doigts blessés.*)

ARABELLA.

Ce n'est pas une réponse. De telles blessures guérissent facilement. O mon ami ! n'ai-je donc plus rien qui me rende digne d'envie, en comparaison de beaucoup d'autres ? Ne suis-je pas la mère d'un fils aimable ? Ne suis-je pas la femme d'un honnête - homme ? Il est devenu pauvre... mais son amour pour moi n'a fait qu'augmenter.

On lui a enlevé sa fortune... on ne lui enlevera pas son bonheur domestique. Ah! celui qui peut encore faire naître la joie dans le cœur d'autrui, et qui peut la sentir lui-même, doit-il se dire malheureux?

MAXWELL.

Femme excellente! Non, tu n'effaceras point en moi l'idée affreuse que tu me dois ton infortune. Lorsque je demandai ta main, et que le pauvre Walwin se retira timidement... c'est à lui que cette main appartenait.

ARABELLA.

Oui, je l'aimais. Cet aveu que je te fis avec franchise, et qui, alors, me gagna ta confiance, me la ferait-il perdre aujourd'hui?

MAXWELL.

Tu devins mon épouse, parce que ton père le désirait; parce que tu étais pauvre, et que tu avais besoin d'un établissement solide et convenable.

ARABELLA.

Et maintenant je suis à toi par mon choix. Maintenant la nature nous a entrelacés du lien le plus fort... Tu es le père de mon enfant.

MAXWELL.

D'un enfant que tu es obligée de nourrir du travail de tes mains. O Sort cruel! tu as épuisé sur moi les traits du malheur.

ARABELLA.

Ne sois pas si ingénieux à te tourmenter! Nous

sommes pauvres... mais un seul moment peut tout changer... Lorsqu'hier nous vîmes passer , porté dans un cercueil , l'enfant de notre voisin... son unique enfant... lorsque nous vîmes le père qui suivait le cercueil d'un air consterné : ne disais-tu pas toi–même : Ce pauvre père est plus malheureux que moi ?

MAXWELL.

Mais son enfant , du moins , n'est pas mort de faim.

ARABELLA.

Sois tranquille. Dût sa mère mendier pour lui... jamais notre Harry ne mourra de faim.

(*Maxwell , chancellant de faiblesse , est obligé de s'asseoir.*)

ARABELLA *inquiète.*

Cher Robert ! Qu'as-tu ? Es-tu malade ?

MAXWELL.

Oh ! non ... je me trouve très-bien... Seulement un peu de fatigue...

ARABELLA.

...Je ne m'en étonne pas. Dès la pointe du jour tu étais déjà dans les rues... peut-être même... Robert... as-tu déjeûné ?

MAXWELL.

Oh ! oui.

ARABELLA.

Où ?

MAXWELL.

Au café.

ARABELLA.

Robert, je sais que tu n'avais pas d'argent.

MAXWELL.

J'avais encore quelques sols.

ARABELLA.

Depuis quelque temps tu sembles t'éloigner exprès... aux heures de nos petits repas...

MAXWELL *avec quelque amertume.*

Si vous avez de trop, invitez quelqu'un.

ARABELLA.

Robert... j'espère que tu ne te priveras point du nécessaire. (*très-inquiète*) Robert, où as-tu mangé les jours passés ?

MAXWELL *s'efforçant de sourire.*

Tu penses, peut-être, que j'ai souffert de la faim ?... rassure-toi... chère Arabella !... J'ai une foule de connaissances. Je crois bien que toutes ont peur que je ne leur demande du secours; mais chacune d'elles me donne encore volontiers quelques cueillerées de soupe.

SCÈNE VIII.

Les précédens, UN DOMESTIQUE *apportant une lettre.*

LE DOMESTIQUE, *en remettant la lettre.*

A Monsieur Robert Maxwell.

MAXWELL.

N'y a-t-il point de réponse à faire?

LE DOMESTIQUE.

Non. (*Il sort*).

4

SCÈNE IX.

MAXWELL, ARABELLA.

MAXWELL *lit.*

« Le banquier Edouard Gibson a ordre d'avancer
» au sieur Robert Maxwell la somme de mille
» livres sterling pour continuer ses affaires sus-
» pendues. Lorsque la fortune, un jour, lui sou-
» rira de nouveau... son créancier paraîtra. »

ARABELLA.

Eh bien, Robert, existe-t-il encore des hommes
bons ?

MAXWELL *reste long-temps assis dans la méditation,
puis il jette de nouveau des regards fixes sur le
billet.*

Je ne connais point cette main.

ARABELLA.

Qu'importe, c'est la main d'un honnête-homme.

MAXWELL *se lève après une pause, et présente le
papier à Arabella.*

La connais-tu, cette main ?

ARABELLA.

Non.

MAXWELL.

Arabella!... tu ne m'as jamais trompé. Je t'en
conjure par la vie de notre enfant ! Connais-tu
cette main ?

(*Arabella hésite*)

MAXWELL.

C'est la main de Walvin, n'est-ce pas ?

(*Arabella répand un torrent de larmes, et s'éloigne.*)

SCÈNE X.

MAXWELL *seul.*

Non... non... plutôt mourir de faim !... Je
veux tomber, s'il le faut... mais non pas être
écrasé.

SCENE XI.

MAXWELL, LE PROPRIÉTAIRE DE LA MAISON.

LE PROPRIÉTAIRE.

Eh ! bien... monsieur ?... Bonjour, monsieur...

MAXWELL.

Bonjour, mon ami.

LE PROPRIÉTAIRE.

La maison que vous occupez est la seule que je
possède... Il faut que je vive des produits du
loyer... Vous m'entendez...

MAXWELL.

Oh ! oui, j'entends.

LE PROPRIÉTAIRE.

Vous êtes un homme aimable, poli... Mais
depuis quatre mois je n'ai pas touché un sou.

MAXWELL.

J'en suis réellement au désespoir.

LE PROPRIÉTAIRE.

Et moi aussi... Mais cela ne me sert de rien...
Je veux mon argent...

MAXWELL.

Je vous demande encore un peu de patience.

Le Propriétaire.

Oui, oui. La patience est une belle vertu, et quiconque a beaucoup d'argent peut être patient comme un agneau... mais chez moi on peut bien dire : de la main à la bouche... et la bouche ne sait pas ce que c'est que la patience.

Maxwell.

Mon cher monsieur, seulement quelques jours encore!...

Le Propriétaire.

Un jour a 24 heures, et dans 24 heures il faut manger trois fois. Bref, je ne puis plus attendre... demain j'aurai mon argent, ou...

Maxwell.

Homme dur, insensible! Pourriez-vous chasser de votre maison une femme septuagénaire et aveugle?...

Le Propriétaire, *avec humeur.*

Eh! que m'importe?

Maxwell *brusquement.*

Éloignez-vous, barbare. Tant que j'habiterai cette chambre, j'y suis le maître.

Le Propriétaire.

Fort bien... mais je crois que votre autorité touche à sa fin. Voyez donc! Moi, m'en aller!... Monsieur, c'est là le langage qu'on tient quand on a de l'argent... Il est permis aux riches d'être grossiers. On le supporte, et c'est un usage fort ancien ; mais sans argent, le plus grand personnage est obligé de faire la courbette... sinon... Vous m'avez compris... (*Il part.*)

SCENE XII.

MAXWELL *seul.*

Oui... je t'ai compris... Ma femme et mon enfant... réduits à la mendicité... ma mère âgée et aveugle... sans asile... et moi dans un cachot... Belton ! Belton ! toi qui as volé tes créanciers... toi qui par ta banqueroute volontaire m'as précipité dans le malheur... si tu voyais le trouble d'une famille innocente !... Oh ! je n'ai jamais maudit un homme... et cependant je te maudis !

SCENE XIII.

MAXWELL , UN JUIF.

LE JUIF.

Bonjour , monsieur.

MAXWELL.

Fasse le ciel que la journée devienne bonne !

LE JUIF.

Vous me devez 5o livres sterling.

MAXWELL.

Sans doute.

LE JUIF.

Pouvez-vous me payer ?

MAXWELL.

Non.

LE JUIF.

C'est mal.

(*Maxwell lève les épaules.*)

LE JUIF.

J'ai votre billet.

MAXWELL.

Je le sais.

LE JUIF.

Et vous savez à quoi je suis autorisé.

MAXWELL.

A me faire mettre en prison.

LE JUIF.

Cela me ferait de la peine.

MAXWELL.

Je vous en remercie.

LE JUIF.

Vous étiez, jadis, un honnête-homme.

MAXWELL.

Honnête! je le suis encore.

LE JUIF.

Vous payiez exactement...

MAXWELL.

Maintenant je suis ruiné...

LE JUIF.

Que dois-je faire?

MAXWELL.

Ce que vous voudrez... Mais avant de prendre une résolution... passez dans cette chambre... vous y trouverez une femme pâle et défaite... un petit enfant... et une mère septuagénaire et aveugle...

LE JUIF.

Mais, monsieur... permettez-moi de vous le dire... vous êtes un homme qui avez des connaissances. Vous êtes accoutumé à une vie active et laborieuse.

MAXWELL.

Monsieur... depuis trois jours je cherche vainement un homme qui pour du travail me donne
du pain... Vous êtes le premier à qui je le confie...
Depuis deux jours... il n'est pas entré une miette
de pain dans ma bouche.

(*Le juif porte précipitamment sa main dans la*
poche , et saisissant la main de Maxwell , veut lui
remettre sa bourse.)

MAXWELL.

Non, non, je ne le puis.

LE JUIF.

Pourquoi pas?

MAXWELL.

Je ne pourrais plus vous restituer cet argent.

LE JUIF.

Le ciel me le restituera.

MAXWELL.

Oh! Dieu! Dieu!... pourquoi as-tu mis dans
mon cœur cet orgueil indomptable? Non, mon
ami... je ne puis accepter vos aumônes... Procurez-
moi du travail, et je vous bénirai... Accordez-moi
du délai pour le paiement du billet, et toute ma
famille vous bénira.

LE JUIF.

Monsieur..., j'ignorais votre situation... je ne
serais point venu... Je le jure par le dieu de mes
ancêtres! je ne serais point venu. Adieu, monsieur...
Quant à cette bagatelle, souffrez que je l'anéan-
tisse.

(*Il déchire le billet , en jette les morceaux par*
terre , et sort avec précipitation.)

SCÈNE XIV.

MAXWELL, *seul.*

Un juif! (*Il veut courir après lui, mais il est déjà disparu.*) Oh! il est encore des hommes! Ce trait fait luire dans mon cœur un rayon d'espérance. Oui, je veux encore une fois porter mes pas chancellans au-dehors... Peut-être parmi ceux qui s'offriront à mes regards.....

SCÈNE XV.

MAXWELL, HARRY.

HARRY.

Papa... je suis rassasié... Tiens!... garde-moi ce petit pain.

MAXWELL.

Moi!... te garder un petit pain! Mon enfant... plutôt des diamans qu'un petit pain!...

HARRY.

Je n'ai pas de diamans.

MAXWELL, *regardant le petit pain que l'enfant lui a donné.*

Tu es rassasié, me disais-tu ?...

HARRY.

Oui, papa.

(*Il s'amuse avec des joujoux. Maxwell est combattu par le désir de manger le petit pain. Enfin il dit à Harry.*)

Quand auras-tu encore faim ?

HARRY.

Oh! bientôt, bientôt!...

MAXWELL.

Bientôt!... (*Il dépose le petit pain sur la table,* *et se détourne avec émotion.*)

Mangeras-tu encore avant le dîner ?

HARRY.

Non.

(*Maxwell tend la main vers le petit pain.*)

HARRY.

Mais à présent on me donne toujours si peu !

MAXWELL.

Si peu !... (*Il retire la main.*)

HARRY.

Maman me donne quelque fois de son assiette... mais elle n'a pas grand chose elle-même !

MAXWELL, *précipitamment.*

Tiens... tiens... garde ton petit pain, et retourne vers ta maman.

(*Il sort dans la plus grande émotion. L'enfant rentre dans la chambre de sa mère.*)

FIN DU PREMIER ACTE.

5

ACTE II.

Un Jardin public.

―――

SCÈNE PREMIÈRE.

MAXWELL, HARRINGTON. *Ce dernier est assis sur un banc, le menton appuyé sur la pomme de sa canne.*

MAXWELL.

(*à part.*) Je vois le chef d'un établissement d'humanité... osons lui parler. Demandons-lui s'il peut m'occuper... (*haut*) Monsieur...

HARRINGTON *fait un mouvement comme s'il sortait d'un rêve.*

Qu'y a-t-il ?

MAXWELL.

Auriez-vous, par hasard, une place à donner dans les bureaux de l'établissement que vous dirigez ?

HARRINGTON.

Aucune.

MAXWELL.

Quoi !... si un homme dans le besoin la sollicitait !...

(*Harrington le regarde fixement.*)

MAXWELL.

Oh ! que les malheureux sont à plaindre !...

HARRINGTON *avec un sourire amer.*

Les malheureux !... je devine. Voyons... donnez-moi des détails... Celui pour lequel vous sollicitez est sans doute marié...

MAXWELL.

Il l'est.

HARRINGTON.

Il a des enfans ?

MAXWELL.

Il en a.

HARRINGTON.

Juste ciel ! avoir une femme ! avoir des enfans ; et oser se dire malheureux ! Allez, monsieur... dites-lui que le vrai malheureux est le père veuf à qui la mort vient d'arracher son unique fils.

MAXWELL.

Eh ! vous comptez donc pour rien l'état d'un père de famille honnête qui voit sa femme et ses enfans exposés à toutes les horreurs de l'indigence ?

HARRINGTON.

Non. La pauvreté n'est rien. Un homme généreux peut survenir... et apporter du soulagement à une famille indigente... Mais moi !... moi qui possède un demi-million... où trouverai-je du secours dans mon infortune ?

MAXWELL *troublé.*

Comment ?

HARRINGTON.

· · Celui qui est dans le besoin peut se plaindre· · ·
On peut lui rendre son aisance... mais ... moi !
moi!... qui pourrait me rendre mon fils !...

MAXWELL.

Je vous plains , monsieur.

HARRINGTON.

Je vous en dispense. Un homme riche trouve
toujours des hommes qui le plaignent... mais une
larme !... une larme ! je n'en vois point couler ,
et pour moi tous les yeux sont secs.

MAXWELL.

Vous repoussez les cœurs qui voudraient partager votre affliction.

HARRINGTON.

Oh ! non. Ils ne se rebutent pas pour cela...
Je suis entouré de cousins, de cousines, de nièces,
de neveux qui pleurent devant moi , et qui rient
entr'eux de voir le vieux Harrington privé d'enfans.
Vive la joie ! l'héritage en vaudra la peine... Il est
septuagénaire , et il ne peut long-temps résister.

MAXWELL.

Infortuné !

HARRINGTON.

Vous le voyez , monsieur : un millionnaire
peut être malheureux. Assez long - temps le
monde m'a appelé le riche Harrington. Le monde
ignorait en quoi consistait ma richesse. Le
monde ignorait que mon fils Georges , mon
fils unique, était toute ma richesse.

MAXWELL.

Et ce fils chéri est mort !

HARRINGTON.

S'il était mort, du moins, d'une mort naturelle ! S'il m'avait été enlevé par une fièvre...
j'aurais été assis auprès de son lit et je l'aurais
soigné. La crainte et l'espérance se seraient suc-
cédées dans mon cœur... et si la maladie avait
été douloureuse, peut-être l'amour m'aurait arraché ce souhait: Dieu! termine ses souffrances !...
Mais si jeune! à la fleur de son âge... dans la plé-
nitude de sa force... Monsieur, il s'est noyé..,
hier en se baignant.

MAXWELL.

Malheureux père !

HARRINGTON.

Malheureux père! Je ne suis plus père! Hier au
lever du soleil mon fils vivait encore... Aujourd'hui..
personne ne m'a souhaité le bonjour... je suis seul
au bord du tombeau ouvert... personne ne me
serrera la main, et ne m'accompagnera par ses
vœux, lorsque j'y descendrai.

MAXWELL.

Tous les secours ont donc été vains ? Cette
Société, cette institution bienfaisante dont vous
êtes le chef, et qui a déjà rendu tant de malheureux noyés à la vie...

HARRINGTON

Tous mes collègues sont accourus... On a em-

ployé tous les moyens ; mais vainement... Pendant
des heures mes lèvres ont été collées sur les lèvres
décolorées de mon fils ... J'ai fait usage , pendant
des heures , de toutes mes forces pour lui inspirer
un souffle de vie... mais vainement... je me suis
prosterné devant l'Être suprême et je l'ai imploré !...
mais il ne m'a point entendu... Tout est perdu
pour moi... il ne me reste qu'un demi-million que
je jetterais tout entier dans la rivière , pour entendre une seule fois la voix de mon fils... Allez ,
monsieur , vous m'avez forcé d'ouvrir la bouche
pour me plaindre , et je ne veux point me plaindre...
Vous m'avez arraché une larme brûlante... et je
ne veux point en verser ; je veux renfermer dans
mon sein toute ma douleur.

(*Il se lève et s'éloigne.*)

S C E N E   I I.

M A X W E L L   *seul.*

Il est malheureux... mais il ignore qu'il est moins
dur de pleurer la mort d'un enfant que de le voir
exposé aux horreurs de la faim. Le temps se passe.
Oh ! il fut un temps où je savois compâtir aux
maux d'autrui... Maintenant les plaintes d'un malheureux ne frappent que légèrement mes oreilles ,
et passent outre... elles ne pénètrent point jusqu'au cœur qui est en proie aux tourmens... Mais
que me veut cet inconnu ?

SCENE III.

MAXWELL, FLOOD.

FLOOD.

Harrington vient de me dire, en passant, que vous sollicitez un emploi... pour un homme dans le besoin.

MAXWELL.

Oui.

FLOOD.

Il nous faut un jeune homme qui sache le français, l'allemand, et qui connaisse la tenue des livres en partie double.

MAXWELL.

Je suis tout prêt.

FLOOD.

Il s'agit de partir pour les Indes.

MAXWELL *effrayé.*

Pour les Indes?

FLOOD.

Oui... Si vous me procurez de bons certificats, je vous fais obtenir une place de commis écrivain dans la compagnie des Indes.

MAXWELL.

Je suis marié.

FLOOD.

Tant pis.

MAXWELL.

J'ai un enfant et une mère âgée et aveugle.

FLOOD.

En ce cas vous ne pouvez me convenir...
mais si vous abandonnez femme et enfans, sous
trois jours vous vous embarquez.

MAXWELL.

Abandonner femme et enfant! Non, je ne puis
faire cela.

FLOOD.

Comme il vous plaira. Refléchissez-y. D'autres
l'ont fait avant vous, d'autres le feront après vous.
Quand on ne peut nourrir sa femme et ses enfans,
le mieux est de s'en séparer. Encore une fois, refléchissez-y ; vous me trouverez avant midi à l'Ancre d'or... au bout de la Grand'rue.

(*Il part.*)

SCÈNE IV.

MAXWELL (*seul*).

Dieu! le premier chemin que tu me montres
pour sortir de ce labyrinthe est couvert d'épines.
Quitter Arabella! ma mère âgée et aveugle...
la quitter aussi!... jamais! (*Il se promène en
proie au désespoir*) Ne me reste-t-il donc pas
d'autres moyens...? Dois-je, pour sauver d'une
mort cruelle tout ce que j'aime, tout ce que j'ai
de plus cher... Rougis, Maxwell! souviens-toi
de ta vertueuse épouse... souviens-toi de ses doigts
blessés par un travail infatigable... et ne déchire
pas son cœur en abandonnant le sentier de
l'honnêteté. Il avait raison... cet homme... Il vaut

encore mieux se séparer de sa femme et de son enfant, que d'augmenter la peine qu'ils éprouvent. Si je ne puis vivre sans eux... dois - je les empêcher de vivre sans moi ?... Oui, je veux partir pour les Indes. Insensé ! ton départ leur donnera-t-il du pain ?. Oh ! si d'une manière honnête, je pouvais assurer... dans ce moment... leur subsistance... A ce prix je partirais... Qu'importe si, alors, leurs cris, leurs gémissemens font retentir le rivage ? Qu'importe que leur pain soit trempé de larmes, pourvu qu'ils en ayent. (*silence*) Dieu qui donnes aux oiseaux leur nourriture, qui habilles les lys des champs, fais tomber sur moi un rayon de lumière... montre-moi un appui... un protecteur de ma femme !... et je divorce avec elle pour assurer son bonheur. (*Il jette des regards fixes autour de lui*) Partout des figures humaines... mais point d'hommes ! (*Il frémit*) Que vois-je ! Walwin qui s'avance !... (*avec une voix creuse*) Walwin ! (*il s'arrête tout d'un coup, et tient ses regards fixés sur la terre*) Qu'est-ce donc que je sens ?... Quelle idée vient d'éclore dans ma tête ? Hoù !... je frissonne ! Idée affreuse... éloigne-toi ! tu es horrible à envisager... mais pourquoi ? Je serais aux Indes... ne suis-je pas déjà mort pour Arabella ?... d'ailleurs je vivrai dans son souvenir tant que mon Harry vivra... et Arabella du moins a du pain... est heureuse. (*avec douleur*) Heureuse ? et pourquoi ne le serait-elle pas ? Doit-elle être malheureuse parce que je

6

le suis ? Je l'aime !... (*avec le ton d'une ferme ré-*
solution) Eh bien le véritable amour sait se sacrifier ! (*un silence*) Non , ce n'est point un mauvais génie qui m'a inspiré cette idée. Le destin me
montre une voie , la seule ! L'égoïsme ne me fera
pas reculer (*Il porte ses regards au-devant de*
Walwin).

SCENE V.

MAXWELL, WALWIN.

(*Walwin paraît. Maxwell s'avance vers lui dans la*
plus grande émotion , et lui prend la main.)

MAXWELL.

Bon Walwin ! vous venez à propos... Votre
apparition est un bienfait pour moi.

WALWIN.

J'en suis enchanté..

MAXWELL.

J'ai bien des choses à vous dire.

WALWIN.

Voulez-vous m'accompagner chez moi ?

MAXWELL , *regardant autour de lui.*

Nous sommes seuls. J'ai besoin de soulager mon
cœur.

WALWIN.

Vous êtes très-agité ... parlez.

MAXWELL.

Vous m'avez offert, ce matin , vos secours

WALWIN.

Je l'ai fait en véritable ami

MAXWELL.

Vous m'avez, bientôt après, envoyé un don bien
généreux.

WALWIN.

Moi!... Vous vous trompez.

MAXWELL.

Non, non, je ne me trompe pas. Ces lignes sont
de votre main... Vous les avez gravées dans mon
cœur... et celui qui a fait cette noble action... est
un homme à qui j'ai enlevé, autrefois, sa bien-
aimée... un homme qui devrait me haïr.

WALWIN.

Comment pourrais-je haïr l'homme qui rend
Arabella heureuse ?

MAXWELL.

Je sens profondément la délicatesse de vos procédés... mais votre générosité m'accable. Reprenez
un don qu'il m'est impossible de recevoir (*Il lui
serre le papier dans la main.*)

WALWIN.

Quoi! Maxwel! vous sentez que mes intentions
sont sincères, et vous dédaignez mes secours !

MAXWELL.

Je ne rougis point de vous laisser lire dans mon
cœur. Appelez cela, si vous voulez, caprice, orgueil indompté... je regarde ma manière de sentir
comme naturelle, et je ne veux point la combattre.
Walwin, vous êtes de tous les mortels le dernier
de qui j'accepterais des secours.

WALWIN.

Quelle idée bizarre !

MAXWELL.

Non. L'homme qui sent avec tant de délicatesse, n'appelera point bizarre cette aversion de mon cœur pour les secours d'un ancien rival. Arabella vous a aimé. Une action comme celle que vous voulez faire , vous placerait , à ses yeux , sur une hauteur vers laquelle je leverais des regards humiliés. Si ensuite , à chaque repas , j'étais obligé de me dire , et qu'Arabella le pensât... « Ce morceau, c'est Walwin qui nous l'a donné. Si nous sommes ras- sasiés , c'est l'ouvrage de Walwin...» Non, non , homme généreux, je repousserais le morceau loin de ma bouche et je vous haïrais...

WALWIN.

Infortuné ! comme votre imagination vous égare ! Votre malheur obscurcit toutes vos idées... eh ! que me font à moi 1000 liv. sterling ? Est -ce d'ailleurs un don que je veux vous en faire ? Un homme comme vous peut tomber , mais le zèle et l'activité le remettent bientôt sur pied. C'est alors que vous me rendrez mon argent, avec les intérêts, si vous voulez... et nous serons quittes.

MAXWELL.

Quelle main m'aurait relevé de ma chûte ?

WALWIN.

Aimez-vous mieux laisser votre famille dans le besoin ? Voulez-vous, par une délicatesse outrée..

MAXWELL.

Non , non, ma famille ne sera pas dans le be- soin... vous m'avez mal compris. C'est moi, moi

seul... qui ne puis accepter vos secours.... C'est
à moi seul à rejetter vos bienfaits...

WALWIN.

Que voulez-vous dire ?

MAXWELL.

Walwin!... j'ai une question importante à vous
faire...   —

WALWIN.

Laquelle ?

MAXWELL.

Aimez-vous encore Arabella ?

WALWIN *embarrassé.*

Où tend cette question ?

MAXWELL.

Par votre croyance à l'Être suprême... par
votre probité... par mon désespoir... je vous
somme de me répondre... Aimez-vous encore
Arabella ?

WALWIN.

Dieu!... Maxwell! qu'avez-vous ?... vous pâlis-
sez... Vos lèvres sont tremblantes... vos regards
sont furieux...

MAXWELL.

Vous qui vouliez, aujourd'hui, me faire présent
de 1000 livres sterling... vous êtes maintenant
bien avare d'une syllabe!... Walwin, ayez pitié
de mon trouble... laissez vous toucher de l'état
d'anéantissement dans lequel vous me voyez...
répondez-moi.

WALWIN.

Je ne conçois point ce qui vous porte à me faire

cette question... Au reste, mes sentimens sont si purs... ma conscience est si exempte de reproches... que je n'hésite pas à vous faire un aveu dicté par la franchise... Oui, j'aime encore Arabella.

MAXWELL.

Cet amour n'est-il qu'un souvenir mélancolique ? ou bien est-il encore une passion ardente ?...

WALWIN.

Un homme qui depuis huit ans s'est abstenu de vous fréquenter... un homme qui a respecté les droits de l'époux et l'innocence de l'épouse... peut répondre sans hésiter... « Je l'aime encore comme le premier jour. Elle m'était tout ! Elle m'est tout encore, et sera tout pour moi jusqu'à la mort. » A présent, Maxwell, je vous ai obéi. Daignez m'apprendre à quoi peut vous servir une déclaration qui r'ouvre d'anciennes blessures...

MAXWELL.

C'est assez... le moment décisif est venu... (*Quelques momens de silence... Il prend du courage pour continuer à parler.*) Walwin, voulez-vous servir de fils à ma mère... de père à mon fils... ma résolution est prise. Un divorce nécessaire rompt les liens qui m'unissaient à Arabella... et je vous rends un cœur que vous n'avez jamais perdu...

WALWIN.

Maxwell ! jusqu'où s'égare votre imagination !

MAXWELL.

Promettez-moi... d'avoir soin de ma mère et de la supporter avec patience jusqu'à sa mort...

Promettez-moi d'élever mon Harry , et de former
son cœur à la vertu.

WALWIN.

Maxwell ! cessez de m'outrager !

MAXWELL.

Enfin promettez-moi... et par le serment le plus
solennel , de faire le bonheur d'Arabella... Mais
que dis-je ! insensé! il l'aime depuis huit ans...
comme épouse il l'adorera !... Non, je n'ai pas
besoin de ce serment.

WALWIN.

Remets-toi , mon ami ... ton esprit s'égare...
tu veux commettre un suicide.

MAXWELL.

Non , non , ce n'est point mon dessein, je ne
veux point anticiper sur la faim et le désespoir...
ma raison est calme... Bon Walwin, je sais ce que
je fais. Depuis trois jours je cherche vainement de
l'occupation... je suis obligé de voir ma famille
périr de misère; enfin je viens de rencontrer un
homme qui se charge de me nourrir , si je veux
partir pour les Indes.

WALWIN.

Et vous voudriez !...

MAXWELL.

Partir ... si tu veux être pour ma famille ce
que je ne puis plus être pour elle.

WALWIN.

Reste ! et compte sur un ami.

MAXWELL.

Jamais , non jamais mes yeux ne reverront les

rivages de ma patrie... jamais mon aspect lamen-
table ne troublera votre repos!,... Si je puis un
jour retirer quelque chose de mon travail... je
t'écrirai pour que tu m'envoies mon Harry...
mais seulement quand tu seras père toi-même...
quand son absence ne sera plus aussi pénible à
la mère. Vois-tu, Walwin, j'ai encore une espérance lointaine de bonheur ; l'avenir peut encore
faire luire pour moi quelques jours , ou du moins
quelques heures, de satisfaction:.. Représente-toi
un vieillard sur les bords du Gange... attendant
l'arrivée de son fils; (*avec enthousiasme*) au même
instant un jeune-homme s'élance hors du vaisseau... je m'approche d'un pas chancelant... je
reconnais les traits d'Arabella... et je me précipite
dans les bras de mon fils avec un ravissement
inexprimable.

WALWIN.

O Maxwell ! le malheur t'a rendu malade...
Arabella, sans doute , ignore ton fatal dessein.

MAXWELL.

Elle l'ignore encore.

WALWIN.

Mais quoi , mon ami... tes genoux tremblent...
tu chancelles !

MAXWELL *se tenant au bras de Walwin.*

Soutiens-moi... je te rends grâces... me voilà
fort de nouveau... ma famille est sauvée...

WALWIN.

Pour l'amour de Dieu , qu'as-tu?..,

MAXWELL.

Écoute, Walwin... recueille toute ton attention
et écoute-moi. Depuis cinq semaines Arabella
travaille nuit et jour !... ses yeux sont rouges...
ses doigts, fatigués par le travail, saignent. Aujourd'hui elle a voulu, pour me consoler, poser
sa main dans la mienne... et voici... voici encore
des marques de son sang... Conçois-tu maintenant
ce qui m'agite ?.... C'est avec son sang qu'elle a
nourri mon enfant et ma mère... Pour cela je lui
sacrifie quelque chose de plus que ma vie... je lui
sacrifie mon amour... Conçois-tu quelle femme
je te cède ? Maintenant je veux retourner vers
elle... pour la dernière fois... je veux la préparer
à ta visite... Dans une heure je t'attends, adieu.

(*Il s'éloigne d'un pas faible et chancelant.*)

SCENE VI.

WALWIN *seul.*

Oui... j'irai... mais je ne serai pas indigne du
bonheur de la revoir !... Je la sauverai... je rame-
nerai dans ses bras l'époux et le père... afin que
mon propre cœur me dise, un jour, tout bas...
« tu méritais son amour !... »

FIN DU SECOND ACTE.

7.

ACTE III ET DERNIER.

Appartement chez Maxwell.

SCÈNE PREMIÈRE.

ARABELLA *seule*.

Maxwell!... où est-il?... Dieu!... comme
sa situation déchire mon cœur!... Que ne puis-
je, au prix de mon sang, soulager les maux qu'il
éprouve!... Françoise!...

SCENE II.
FRANÇOISE, ARABELLA.

FRANÇOISE.
Madame, je rentre.

ARABELLA.
Sais-tu où est Maxwell ?

FRANÇOISE.
Je l'ignore. Mais voici ce qui m'est arrivé.

ARABELLA.
Parle... j'écoute.

FRANÇOISE.
En traversant la rue , il y a quelques instans...

ARABELLA.
Eh bien !

FRANÇOISE.

J'ai rencontré un monsieur qui m'a abordé d'un air amical... il m'a demandé si je servais chez madame Maxwell... et il m'a beaucoup parlé de vous... beaucoup.

ARABELLA.

Le connais-tu ?

FRANÇOISE.

Non ; mais il faut qu'il vous connaisse bien ; car il m'a questionné avec intérêt sur vos malheurs , et m'a écouté avec attendrissement. Chaque fois qu'il prononçait votre nom il prenait un air mélancolique , et ses yeux se mouillaient de larmes.

ARABELLA.

Il suffit, Françoise... retire-toi. (*à part*) Hélas ! c'était Walwin.

SCENE III.

ARABELLA *seule.*

Quel est donc ce mouvement involontaire qui fait palpiter mon cœur?... Où est le courage dont je me glorifiais ? où est la vertu dont j'étais si fière ?... ô mon époux !... Dieu ! je te remercie... le voici.

SCÈNE IV.

ARABELLA , MAXWELL.

ARABELLA *feignant de la sérénité.*

Sois le bien venu , cher Robert !...

(Maxwell se promène avec inquiétude , puis il s'ar-
rête devant elle, essaie plusieurs fois de parler et
ne peut)

ARABELLA.

Qu'as-tu , Robert? Tu as quelque chose sur le
cœur.

MAXWELL, *d'un ton de voix sourd.*

Écoute-moi, Arabella. . . Te sentirais-tu le courage de me dire... adieu, cher Robert ?...

ARABELLA.

Quelle question !... des époux bien unis ne se
disent adieu qu'à la mort.

MAXWELL.

Il est des cas où la raison et l'amour ordonnent
même aux époux de se séparer.

ARABELLA.

La raison !... vous pouvez en parler mieux que
nous... l'amour, nous savons mieux que vous ce
qu'il conseille ; et ce qu'il conseille , c'est d'être
unis jusqu'au tombeau.

MAXWELL.

Arabella ! si tu pouvais soupçonner que ma dernière pensée ne sera pas à toi ... que mon dernier
soupir ne sera pas pour toi...

ARABELLA.

Tu m'inquiètes... Où doit aboutir cette intro-
duction énigmatique ?

MAXWELL.

Il faut nous séparer.

ARABELLA.

Nous ?

MAXWELL.

J'ai enfin trouvé un emploi...

ARABELLA.

Eh bien...

MAXWELL.

Je pars pour les Indes.

ARABELLA.

(*effrayée*) Pour les Indes!... (*se remettant*) Je t'y suis.

MAXWELL.

Non ... non... Arabella... Il t'est défendu de m'y suivre.

ARABELLA.

A moi?... Que deviendrai-je ?

MAXWELL.

Tu resteras ici , auprès de ma mère âgée et aveugle... auprès de notre enfant.

ARABELLA.

Bon Robert!... je supporte avec résignation toutes les épreuves que le destin m'impose... mais toi aussi... tu veux m'éprouver.

MAXWELL.

Écoute-moi , femme adorable ! je me suis recueilli... ne m'interromps pas... car j'ai de la peine à mettre de l'ordre dans mes pensées. Écoute ce que le bras de fer de la nécessité m'a forcé de résoudre irrévocablement... Quand même il me serait permis de t'emmener avec moi... quand même je pourrais, pour prix de tous tes sacrifices, t'entraîner dans un pays étranger... le devoir m'en

empêcherait... La nuit éternelle qui couvre les
yeux de ma mère âgée, demande tes secours.
Veux-tu que je la prive à-la-fois d'un fils, d'une
fille et d'un petit-fils ? Dois-je l'exposer à la com-
misération publique ? Ses yeux, qui sont privés de
la consolation de nous voir, dois-je les inonder
d'un torrent de larmes ? Toi et son petit favori
vous lui aiderez à supporter la douleur de m'avoir
perdu; tu ne l'a quitteras pas, même lorsque tu ne
porteras plus son nom.

ARABELLA.

Quand je ne porterai plus son nom !

MAXWELL.

Arabella... écoute ce que j'ai à te dire... Moi
qui ai goûté dans tes bras le suprême bonheur...
moi qui racheterais ta possession avec la dernière
goutte de mon sang... j'ai plus à cœur de te sauver
de l'indigence, que de me voir heureux... je suis ici
le cœur serré !... je divorce avec toi... je te dis adieu
pour la vie... je renonce à toi solennellement.

ARABELLA.

Toi !... à moi !

MAXWELL.

Eh ! pourrais-je hésiter quand il s'agit du
bonheur de tout ce j'aime ? Héros de l'antiquité !
vous ne saviez mourir que pour vos épouses !... je
sais faire plus ! je sais faire à la mienne le sacrifice
de mon amour ! la rendre à mon ancien rival,
m'envelopper le visage, et fuir.

Robert! au nom du ciel! quelle furie est entrée dans ton cœur?

MAXWELL.

Laisse-moi achever... Je te rends le serment de fidélité conjugale. Efface de ta jeune vie les huit ans passés. Oublie ce que je fus pour toi... mais n'oublie pas mon amour... Tu es maintenant libre de nouveau : tu peux disposer à ton gré de ta main et de ton cœur... Walwin t'aime encore... récompense sa fidélité, deviens sa femme... sa femme heureuse... mais n'oublie pas mon amour!... Il sera le père de Harry... le fils de ma mère... il parsemera de nouvelles roses la jeunesse d'Arabella... il réveillera dans ton cœur le souvenir de tes premiers liens... Ah! du moins, quand tu te promeneras à côté de lui sur des fleurs que j'aurai fait naître devant toi... n'oublie pas mon amour!

ARABELLA *se précipitant dans ses bras.*

Oh! homme que je ne vénérais pas assez!... sur quelle élévation tu te montres à moi. Je croyais connaître entièrement ton cœur honnête... et tu m'ouvres, tout-à-coup, un temple dans lequel je ne mets un pied qu'en tremblant... Moi! te quitter! quand je ne t'aurais jamais aimé, ce jour m'attacherait indissolublement à toi... mon cœur connaît aussi ce qui est bon et généreux... mais je ne puis atteindre à cette hauteur... Je ne puis que sentir ce que tu veux faire pour moi, et j'en suis orgueilleuse... confuse... Moi te quitter! essaie

seulement de t'arracher de mes bras ! Partout où
tes pas se dirigeront, je te suivrai... Avec toi, je
braverai, au pôle du sud, les flèches des sauvages...
Avec toi, je me creuserai, au pôle du nord, une
cabane dans la neige.

MAXWELL.

Arabella !

ARABELLA.

Tu es le père de mon enfant ! tu m'as fait connaître la suprême volupté, celle de l'amour maternel... Crois-tu que je voudrais redevenir riche
dût-il ne m'en coûter qu'un peu d'ingratitude?...
Le monde m'approuverait... Oh ! oui... qu'est-ce
que le monde ne pardonne pas, quand l'or couvre
l'infamie?... Mais ici!... ici... (*elle frappe sur sa
poitrine*) existe-t-il un être plus misérable sur la
terre que celui qui n'ose pas tourner ses regards
au-dedans de lui-même?... Non, la pauvreté,
le besoin peuvent ruiner mes forces... ma conscience est hors de leurs atteintes... Non, non...
père de mon enfant!... Je ne te quitte point.

(*Elle le serre dans ses bras.*)

MAXWELL *la serrant étroitement dans les siens.*

Oh ! quel moment tu m'as encore accordé !...
Vous, dieux de la terre! approchez et enviez à
un indigent son trésor. Arabella ! je croyais connaître la mesure de ta bonté angélique, mais
une femme surpasse toujours notre attente ! Il
suffit... La roue du destin roule irrésistiblement,
et la main de l'homme tente vainement de l'ar-

rêter... Il ne me reste aucun choix à faire entre me séparer de toi et mourir de faim... Pleure - moi comme tu pleurerais un mort. L'honnête Walwin ne te fera pas un crime de ces larmes.

ARABELLA.

Quoi ! toujours ce dessein cruel ?

MAXWELL.

J'y suis résolu...

ARABELLA.

Eh bien ! tu as renoncé à moi solennellement... et moi je te déclare avec la même solennité que je ne renoncerai jamais à toi... Tu voudrais en-vain me fuir au-delà des mers... Crois-tu que je ne trouverai point de vaisseau qui porte dans les Indes une épouse éplorée ? J'irai , tenant mon Harry par la main , errer dans tous les ports; je me prosternerai , tenant mon Harry par la main , devant le premier capitaine de vaisseau , qui sera sur le point de lever l'ancre.

MAXWELL.

Femme, ne me réduis pas au désespoir !... Ne me force pas de m'enfuir dans un pays où tu ne puisses pas me suivre !

ARABELLA.

Il n'en existe aucun.

MAXWELL *d'une voix sourde.*
Au-delà du tombeau.

ARABELLA.

Je t'y suivrai encore !

8

MAXWELL.

Mère ! tu as un fils.

ARABELLA.

Fils ! tu as une mère.

MAXWELL.

Je t'entends, Arabella... Tu veux me rendre
le sacrifice moins pénible... Je voulais renoncer
à ton amour, et tu ne demandes que ma vie !

ARABELLA.

Tu es malade, Robert... bien malade... Je vais
chercher ton Harry... il fera ce que je n'ai pu
faire... Son sourire fera renaître l'espérance dans
ton cœur.

(Elle sort précipitamment.)

SCÈNE V.

MAXWELL, *seul.*

Mourir !... oh ! sans doute, il est plus facile de
mourir. Je te rends grâces, femme incomparable ! tu as prononcé mon arrêt de mort... Non,
tu ne me suivras point dans cette terre inconnue...
ton enfant, privé de soutien, m'en est garant...
Ah ! de quel fardeau tu viens de soulager mon
cœur ! Je ne dois point aller aux Indes !... Comme
cette nouvelle idée me réchauffe et me pénètre !
Oui, ma mort réparera tout... Elle pleurera...
Oh ! sûrement, elle pleurera ; mais le temps et
son premier amour parviendront à ramener le
calme dans son âme... et lorsque le printemps
prochain couvrira la terre de fleurs, c'est sur

ma tombe, qu'Arabella présentera sa main à son nouvel époux... Eh bien Robert , tu as vidé le calice du malheur... tremblerais-tu d'en avaler la dernière goutte ?

SCÈNE VI.

MAXWELL, ARABELLA *tenant Harry, par la main.*

ARABELLA.

Voici Harry que je t'amène. Il te prie de ne pas oublier que tu es son père.

HARRY *lui prodigant ses caresses.*

Papa ! ... il y a long-temps que je ne t'ai vu.

ARABELLA.

Harry , ton papa veut partir.

HARRY.

Veux-tu que j'aille avec toi?

MAXWELL.

Non, Harry.

HARRY.

Où vas-tu, papa ?

MAXWELL.

L'hirondelle cherche les lieux où règne le printemps.

HARRY.

Reviendras-tu bientôt ?

MAXWELL.

Tout revient. La poussière revit dans les fleurs.

HARRY.

M'apporteras-tu quelque chose ?

MAXWELL.

Tout ce qui me reste encore, je te laisse.. -
ma bénédiction.

ARABELLA.

Robert, cesse de me tourmenter ! ... Depuis
quelques semaines j'ai cru avoir beaucoup souffert ; aujourd'hui je vois que c'était peu...

MAXWELL.

Aye compassion de moi ... Ta situation chan-
gera bientôt. (*à part d'une voix sourde*) Robert,
pourquoi diffères - tu ? . . . (*il jette des regards
douloureux sur son Harry, le soulève et le baise sur
le front*) Que Dieu te bénisse, mon fils !.. (*il
s'approche d'Arabella le cœur serré, saisit ses deux
mains, et baise ses doigts blessés*) Je te remercie,
femme incomparable ! (*il se détourne, pose ses
mains tremblantes sur la tête de son fils, et dit avec
une douleur profonde*) Que Dieu te bénisse, mon
fils ! (*il se précipite dans les bras d'Arabella*)
Je te rends grâces, Arabella ! (*il lève au ciel un
regard humide de pleurs*) Ciel ! que ce moment
est pénible !

ARABELLA.

Robert ! que veux-tu faire ? Robert ! aye pitié de
mon trouble ! ...

MAXWELL.

Sois tranquille, Arabella ! je n'irai point aux
Indes.

ARABELLA.

Non ? sûrement ?

MAXWELL.

Il me reste un ami... je l'avais oublié. .. Je veux
aller chez lui... Je veux implorer son secours. ..
Prie le ciel que cet ami me reçoive avec douceur.

ARABELLA.

Un ami?... ne me trompes-tu pas ?

MAXWELL.

Non, Arabella ... Ce moment exclud toute
idée de tromper.

ARABELLA.

Qui est-il? Où est-il ? Pourquoi ne me l'as-tu
jamais nommé ?

MAXWELL.

Parce que dans la fortune on oublie ordinai-
rement ses meilleurs amis... Mais ne crains rien,
il me recevra néanmoins, avec bonté ; ses bras
sont ouverts à tous les malheureux.

ARABELLA.

Va donc ! Puisse un bon ange t'accompagner !

MAXWELL.

Adieu, Arabella ! nous nous reverrons plus
heureux. (*il s'éloigne de quelques pas... joint les
mains à la dérobée, cherche à retenir ses larmes,
et dit à voix basse*) Le plus difficile est fait. Allons
maintenant auprès de ma mère.

(*Il se précipite dans la chambre de sa mère.*)

SCENE VII.

ARABELLA, HARRY.

(*Arabella s'assied plongée dans la douleur , et lève
les yeux et les mains au ciel.*)

HARRY.

Que fais-tu, maman?

ARABELLA.

J'implore le ciel pour ton père.

HARRY.

Et moi aussi , je veux l'implorér pour lui.
(*Il s'approche de sa mère , et lève, comme elle,
les mains au ciel.*)

SCÈNE VIII.

Les précédens , MAXWELL.

(SCÈNE MUETTE.) *Maxwell sort précipitamment
de la chambre de sa mère. Il veut partir. L'aspect
de sa femme et de son fils le retient et le secoue
violemment. Il reste immobile. Les muscles de son
visage manifestent des mouvemens convulsifs. Enfin
son regard fixe s'adoucit. Il lève ses mains trem—
blantes , les presse contre ses yeux , se tourne , et
sort d'un pas chancelant.*

SCÈNE IX.

ARABELLA, HARRY, LA MÈRE. (*Celle-
ci arrive en tâtonnant.*)

LA MÈRE, *d'un air effrayé.*

Robert! Robert!... Que doit signifier cela ?...
N'y a-t-il personne , ici ?

ARABELLA *se levant.*

Nous sommes ici , chère maman.

LA MÈRE.

Vous et mon fils ?

ARABELLA.

Moi et Harry.

LA MÈRE.

Où est donc mon fils ?

ARABELLA.

Il vient d'aller chez un ami.

LA MÈRE.

Pourquoi donc était - il si ému en me disant adieu ?

ARABELLA.

Son esprit est aujourd'hui si mélancolique!

LA MÈRE.

Il entre avec précipitation... il baise ma main... elle est encore toute humide de ses larmes! Il me dit adieu... me remercie de mon amour... m'assure que je ne manquerai plus de rien... et part, avant même que j'aie pu lui dire : Robert! que signifie cela?.. et au bout du compte, il ne va que chez un ami... On aurait dit qu'il allait à la mort!

ARABELLA, *faisant un mouvement de frayeur.*

Que Dieu nous en préserve !

LA MÈRE.

Est-il juste d'effrayer ainsi sa vieille mère? J'en suis encore toute tremblante... Viens, Harry, reconduis-moi dans ma chambre... que je me remette...

(*Elle sort avec Harry.*)

SCENE X.

ARABELLA *seule.*

(*Elle reste muette pendant quelques momens. Elle*

est effrayée de l'idée que le mot de MORT *, prononcé par la Mère , a éveillé dans son âme. Elle dit enfin :)* Non ! non!... il ne le fera pas ! trois vies sont at-tachées à la sienne. (*Elle cherche à se tranquilliser, se place à son ouvrage, et veut travailler ; mais les larmes qui coulent de ses yeux l'en empêchent , elle laisse retomber ses bras et s'écrie :*) Robert ! Robert! tu as paralisé mes dernières forces.

S C E N E X I.

A R A B E L L A , W A L W I N.

(*Walwin entre , Arabella , en l'appercevant , fait un mouvement de surprise.*)

W A L W I N, *s'approchant d'un air modeste.*

Après une séparation de huit ans , je revois Arabella.

A R A B E L L A , *cherchant à se remettre.*

Arabella Maxwel se réjouit de recevoir chez elle un ancien ami.

W A L W I N.

Ce titre me donne des droits très-étendus.

A R A B E L L A.

Votre générosité vous en a donné aujourd'hui de bien grands. Recevez mes tendres remercîmens, comme épouse et comme mère.

W A L W I N.

Les remercîmens d'Arabella sont un trop grand prix pour un offre rejettée.

A R A B E L L A.

Cette offre en est-elle moins un bienfait ?... Je

sais, d'ailleurs, qu'il est parti d'une source pure.

WALWIN.

Ce témoignage m'inspire de l'orgueil , et je sens que je le mérite. (*avec chaleur*) Oui, Arabella , je suis encore tout ce que j'étais il y a huit ans. La fortune a changé pour moi... elle m'a souri , mais mon cœur est resté le même. (*Il remarque l'embarras d'Arabella, et modère promptement son feu.*) Pardonnez si j'ai parlé de choses qui n'ont aucun rapport avec la circonstance actuelle. A votre aspect, j'éprouvais l'émotion d'un vieillard qui, en revoyant un ami de sa jeunesse , reporte un regard sur le printemps de sa vie... Hélas!... il sera toujours présent à ma pensée , le moment où vous me tendîtes la main pour la dernière fois. Alors , comme à présent, vos joues étaient pâles... Alors, comme à présent , vos joues étaient mouil-lées de larmes.

ARABELLA.

Et alors , comme aujourd'hui , je vous priai de m'épargner.

WALWIN.

J'ai évité , pendant huit années , votre aspect... Aujourd'hui les désirs de votre époux me condui-sent auprès de vous... O Arabella ! si vous saviez quelles espérances il voulait me faire concevoir.

ARABELLA, *dans un embarras extrême.*

Comment ! ... serait - il possible... que mon époux... que cette idée bizarre dont il m'a fait part lui-même... Vous gardez le silence ?

9

WALWIN.

Je vois qu'il a tenu parole.

ARABELLA.

Et j'ose me flatter que vous l'avez détourné de
ce dessein cruel !

WALWIN.

Hélas ! Arabella !

ARABELLA.

Ce soupir ! . . . ce nom d'amitié. . . Me trompe-
rais-je dans Walwin?.. Serait-il capable de refouler
dans la poussière un infortuné que le destin accable ? Oh! alors, je serais obligée de lui laisser
entrevoir l'intérieur de mon cœur. Alors il me
faudrait lui répéter les dernières paroles que ma
bouche lui fit entendre il y a huit ans... Vous
vous en souvenez encore.

WALWIN.

De chaque syllabe.

ARABELLA.

Walwin , je vous aime, ai-je dit... mais le destin
me lie à un autre homme... Si vous étiez capable
de détacher ce lien... si un seul de vos regards
m'y encourageait... je perdrais ma dernière consolation... celle de vous aimer et de vous estimer...
C'est entre mes mains que vous fîtes le serment
d'être fidèle à la vertu.

WALWIN.

Et je l'ai tenu.

ARABELLA.

C'est entre vos mains que je jurai une fidélité

éternelle à mon époux... Je ne me vanterai pas
qu'il m'en ait coûté pour le remplir... car j'ai
trouvé un honnête-homme... Si dans les pre-
mières années j'ai répandu des larmes sur le plus
beau rêve de ma jeunesse, les douceurs de l'amour
maternel les ont séchées depuis long-temps ;...
et maintenant aucun pouvoir sur la terre n'est
capable de m'absoudre de mes devoirs.

WALWIN.

Je ne vous ai point interrompue... Il est si
doux d'admirer ce qu'on aime! Arabella !... vous
m'avez méconnu... Si j'ai écouté votre époux,
c'était pour gagner du temps... pour calmer son
sang trop agité... pour le garantir des entre-
prises précipitées du désespoir... L'homme qui
autrefois posséda le cœur d'Arabella, et qui était
digne de le posséder... cet homme, les richesses
n'ont pu le corrompre. Je suis venu ici pour
consulter avec vous sur la manière de sauver
Maxwell, sans que ma main y paraisse...je voudrais pouvoir lui faire écheoir quelque héritage
des Indes... ou lui faire gagner quelque terne à
la loterie. Aidez-moi à imaginer quelque moyen
semblable.

ARABELLA.

Homme généreux... que cette larme de reconnaissance !...

SCENE XII.

Les précédens, FRANÇOISE, *entrant précipitamment.*

FRANÇOISE.

Hélas! Madame !... je suis saisie...

ARABELLA.

Qu'y a-t-il ?

FRANÇOISE.

La rue est remplie de monde... On dit...

ARABELLA.

Eh bien !

FRANÇOISE.

Ma pauvre maîtresse !...

SCENE XIII.

Les précédens, LE PROPRIÉTAIRE DE LA MAISON.

LE PROPRIÉTAIRE, *entrant avec humeur*.
Voilà un joli événement ! un bel honneur pour ma maison.

ARABELLA.

Que voulez-vous, mon ami ?

LE PROPRIÉTAIRE.

Ce que je veux... qu'on ne traîne pas le corps jusqu'ici.

ARABELLA.

Le corps !... Pour l'amour du ciel !

WALWIN, *en même-temps*.

De qui ?

LE PROPRIÉTAIRE.

Vous ne le savez donc pas encore ? Monsieur Maxwell s'est jeté dans la rivière...

(*Arabella tombe évanouie.*)

FRANÇOISE *lui soutenant la tête*.

Pauvre chère maîtresse !

WALWIN.

Peut-être y a-t-il encore moyen de lui porter secours. (*Il veut partir.*)

SCÈNE XIV ET DERNIÈRE.

Les précédens, HARRINGTON, MAXWELL.

HARRINGTON.

Où courez-vous ? Il est sauvé !

FRANÇOISE.

Il est sauvé !... Madame, avez-vous entendu ?... (*Arabella fait signe de tête, avec un air de douceur.*)

HARRINGTON.

J'ai voulu remettre ma bourse à son libérateur... à un homme du peuple qui s'est jeté dans l'eau pour l'en retirer... mais il l'a refusée, et il s'est perdu dans la foule. . . .

WALWIN.

Que Dieu le bénisse ! Oh ! Maxwell !...

(*Maxwell est encore pâle comme la mort. Il a ses cheveux pendans... le regard abattu... Walwin le conduit auprès d'Arabella. Arabella essaye de se lever, et n'en a pas la force. Elle retombe et tend les bras vers son époux. Maxwell tombe devant elle , et pose sa tête sur ses genoux. Arabella sanglotte , et se baisse sur lui. Harrington est debout, son air est sombre. Il considère les deux époux réunis. Maxwell lève la tête et regarde Arabella avec douleur. Celle-ci met ses deux mains autour du cou de son époux, et place sa joue contre la sienne. Walwin jette sur eux des regards d'attendrissement.*)

HARRINGTON *à Maxwell, après un moment de réflexion.*

Monsieur... si je ne me trompe... c'est vous qui aujourd'hui... au jardin public... m'avez demandé une place. . .

MAXWELL.

C'est moi-même.

HARRINGTON.

Dans ce cas, je suis en partie cause de votre désespoir... et il me reste bien des choses à réparer. (*prenant Walwin à part*) Monsieur, je vous connais pour un homme d'honneur... me répondez-vous d'eux comme de vous-même?

WALWIN.

Je vous en réponds.

HARRINGTON, *après un silence, à Maxwell.*

Monsieur, hier, en se baignant, mon fils s'est noyé!... aujourd'hui, j'ai contribué à vous sauver la vie... aujourd'hui Dieu me rend un fils... Je vous adopte pour mon enfant.

(*Maxwell se tourne vers lui, et lui tend les bras en signe de reconnaissance.*)

HARRINGTON.

J'entends... épargnez-vous les paroles... il n'en est pas besoin... Et cette brave femme, voudra-t-elle aussi être ma fille?

(*Arabella joint les mains et sourit avec douceur.*)

HARRINGTON.

J'entends, la chose est convenue... j'ai retrouvé une famille. O Dieu! pardonne-moi mes murmures!

(*Arabella serre fortement Robert dans ses bras, et le presse contre son cœur.*)

FIN.

LE
FILS NATUREL,
DRAME
EN CINQ ACTES.

ACTEURS.

~~~~~~~~~~~~~

Le Baron de WILDENHEIM.

AMÉLIE, fille du Baron.

M. ERMAN, Pasteur et ami du Baron.

WILHELMINE.

FRÉDÉRIC, fils de Wilhelmine.

Le Comte de MULLER.

LUCAS, paysan.

BRIGITE, femme de Lucas.

CHRYSALDE, vieux intendant du Baron.

HENRI, valet de chambre du Baron.

UN AUBERGISTE.

Une jeune paysanne.

Plusieurs Chasseurs et Gens du château.

LE FILS NATUREL,

DRAME.

ACTE PREMIER.

Le Théâtre représente une grande route , dans le voisinage d'une ville. A gauche un hameau, et de loin en loin , quelques chaumières de paysans.

SCÈNE PREMIÈRE.

L'AUBERGISTE, WILHELMINE.

L'AUBERGISTE *tenant Wilhelmine par la main, et la faisant sortir de chez lui.*

Il n'y a point de place , bonne femme... il n'y en a point , je vous le jure : c'est aujourd'hui fête au village voisin. Tous les paysans dés environs, accompagnés de leurs femmes et de leurs enfans , vont passer ici pour s'y rendre ; et mon auberge ne sera pas assez grande pour les contenir.

WILHELMINE.

Vous voulez donc chasser de votre maison une pauvre femme malade !

L'AUBERGISTE.

Je ne vous chasse pas...

10

WILHELMINE.

Votre dureté me brise le cœur.

L'AUBERGISTE.

Cela ne sera rien

WILHELMINE.

J'ai dépensé chez vous le dernier sou qui me restait.

L'AUBERGISTE.

Cela me fait beaucoup de peine. . . Où prendrez-vous maintenant de l'argent ?

WILHELMINE.

Je sais travailler.

L'AUBERGISTE.

Vous pouvez à peine remuer la main.

WILHELMINE.

Mes forces reviendront.

L'AUBERGISTE.

Alors , je vous permets de revenir aussi.

WILHELMINE.

Où resterai–je en attendant ?

L'AUBERGISTE.

Il fait beau. . . l'air est doux. . . on peut rester partout.

WILHELMINE.

Qui m'habillera lorsque ce chétif vêtement aura été trempé par la rosée et la pluie ?

L'AUBERGISTE.

Celui qui habille les lys des champs.

WILHELMINE.

Qui me donnera un morceau de pain pour appaiser la faim qui me presse ?

L'AUBERGISTE.

Celui qui nourrit les oiseaux du ciel.

WILHELMINE.

Homme dur ! Vous savez que je n'ai rien mangé depuis hier matin.

L'AUBERGISTE.

Le régime est salutaire aux malades.

WILHELMINE.

Je vous aurais payé de tout avec exactitude.

L'AUBERGISTE.

Avec quoi, s'il vous plait ? Les temps sont si critiques !

WILHELMINE.

Mon sort ne l'est pas moins.

L'AUBERGISTE.

Voulez-vous, bonne femme, que je vous donne un conseil ?... La route est assez fréquentée... demandez du secours aux âmes charitables.

WILHELMINE.

Moi, mendier !... plutôt mourir de faim !

L'AUBERGISTE.

Point de fausse honte !... l'habitude rend tout facile...

(*Wilhelmine s'assied sur une pierre, au pied d'un arbre.*)

SCENE II.

WILHELMINE *seule*.

Quelle brillante matinée !... Jamais le lever du soleil ne me parut plus riant et plus beau !... Sa benigne influence a ranimé mes sens. Dieu tout bon, qui, jusqu'à ce moment, as garanti ma vie... reçois mes humbles actions de grâces ! (*elle regarde dans le sac qui est à côté d'elle*) J'ai bien faim... pas un seul morceau de pain!... et mon corps, épuisé par la maladie et la langueur, ne peut plus retrouver ses forces... Dieu! que cet état est cruel!... Si mon fils savait !... Ah ! où est-il? vit-il encore?... ou bien cette terre, sur laquelle je traîne ma malheureuse existence... cette terre, couvrirait-elle ses cendres i animées... Oh! non ! Dieu tout bon, qui veux que je vive, tu ne fermeras point mes yeux à la lumière avant que je l'aye revu, que je l'aye embrassé encore une fois ! (*un paysan traverse le théâtre : Wilhelmine lui tend la main comme pour demander la charité ; il fait un geste de refus, et passe.*) Point de pitié !... voilà comme ils sont tous... Tu le sais, cependant, ciel! qui vois mes souffrances, tu sais si, au temps de ma prospérité, j'ai refusé jamais de secourir le pauvre ou l'indigent!... mais, peut-être, cet homme, plus malheureux que moi, est-il lui-même dans le besoin... Ah ! Wilhelmine, prends-y garde. Le malheur rend injuste... Hélas! c'est encore un des maux qu'il traîne après lui... Toi seul, auteur de toutes mes peines... cause unique de tous mes malheurs, c'est toi seul que j'ai le droit d'accuser d'inhumanité... puisses-tu cependant être heureux, s'il peut être encore pour toi de bonheur sur la terre!.. Ah! si le hasard pouvait t'amener dans ces lieux...

si, sous ces haillons, tu pouvais reconnaître celle
qui fut autrefois ta Wilhelmine... quels ne seraient
point tes remords !... ils feraient ton supplice.

S C E N E I I I.

WILHELMINE, UNE JEUNE PAYSANNE.

(*Cette dernière entre en chantant, portant une cruche
avec du lait, et des œufs dans un panier. Dès
qu'elle apperçoit Wilhelmine, elle lui dit*)

Bonjour, bonne femme !

WILHELMINE.

Bonjour, ma belle enfant... n'auriez-vous point...
Dieu ! que fais-je !... Faut-il donc que je sois ré-
duite à mendier un morceau de pain ?

LA JEUNE PAYSANNE.

Un morceau de pain !... attendez !... Je m'en
vais vîte courir à la ville... vendre mon lait et mes
œufs, et vous apporter quelque chose... Mais en
attendant, vous souffrez... tenez, sans façon,
voudriez-vous goûter de mon lait ?

WILHELMINE.

Oh ! oui, ma bonne enfant.

LA JEUNE PAYSANNE.

Buvez ! buvez ! (*elle lui tient le vase avec un air
de bonté.*) En voulez-vous davantage ?... Buvez !
buvez ! je vous le donne de bon cœur.

WILHELMINE.

Que le bon Dieu te récompense ! Tu m'as rendu
mes forces.

LA JEUNE PAYSANNE.

J'en suis charmée. (*elle la salue d'un air amical.*)

Adieu , ma bonne mère , que Dieu vous prenne
sous sa protection !

(*Elle s'en va en chantant.*)

WILHELMINE *qui la suit des yeux* .

Heureux âge ! gaîté d'un cœur pur ! emblême de
l'innocence. Voilà comme j'étais autrefois !... Mais
quelqu'un vient...

SCÈNE IV.

WILHELMINE , FRÉDÉRIC *en habit de soldat.*

FRÉDÉRIC *entre gaîment , son havresac sur le
dos , le fusil sur l'épaule. Il apperçoit l'enseigne
du cabaret , et s'arrête.*

Ma foi , je suis d'avis de boire un coup... Il fait
chaud ... j'ai couru comme un diable... Mais auparavant , voyons , calculons nos espèces. (*il
compte dans sa main.*) Voilà pour un déjeûné...
voilà pour un diner... Et puis ce soir... Oh ! ce
soir , s'il plaît à Dieu , je serai chez ma bonne
mère... Allons , je puis faire encore la dépense
d'une bouteille de vin. (*il frappe à la porte de l'auberge*) Holà ! Holà ! (*appercevant Wilhelmine*) Mais
que vois-je ! une pauvre femme malade ! Comme
elle a l'air souffrant ! Elle ne demande pas... mais
son extérieur annonce qu'elle est dans le besoin...
Faut-il donc toujours pour donner , attendre que
l'on nous demande ? Allons , Frédéric , il faut se
passer de boire , mon ami ! Faire le bien , secourir les malheureux ; ces bonnes fortunes n'arrivent pas tous les jours. Il faut en profiter.

D'ailleurs, le bien qu'on fait appaise la faim et la soif. Tenez... (*Il s'approche de Wilhelmine, et lui présente l'argent qu'il avait déjà dans sa main, pour en payer le vin qu'il allait boire.*)

WILHELMINE *le considérant attentivement et poussant un cri.*

Frédéric !

FRÉDÉRIC *est d'abord surpris ; il la regarde fixement, jette au loin l'argent, son havresac, chapeau, tout ce qui l'embarrasse, et se précipite dans ses bras en criant :*

Ma mère !

(*Tous les deux restent quelques momens sans parler. Enfin Frédéric se remet le premier et s'écrie :*)

Ma mère ! au nom de Dieu ! Est-ce ainsi que je vous retrouve?... Ma mère !... parlez !...

WILHELMINE *en tremblant.*

Je ne puis parler... Mon cher fils... mon cher Frédéric... La joie !... la joie !...

FRÉDÉRIC.

Remettez-vous, ma chère, ma bonne mère !... (*il pose sa tête contre son cœur*) Remettez-vous... Comme vous tremblez !... Vous tombez en défaillance !...

WILHELMINE.

Je suis si faible !... la tête me tourne... Je n'ai rien mangé hier de toute la journée.

FRÉDÉRIC, *hors de lui, se levant avec précipitation, et se cachant le visage de ses deux mains.*

Oh ! mon Dieu ! (*il court vers son havresac, l'ouvre et en tire un morceau de pain*) Voici du pain !

(*il ramasse l'argent qu'il avait d'abord jeté , et tire
le restant de son argent de sa poche*) Voici le peu
d'argent que j'ai ... Mon habit, mon sabre, mon
fusil , je vais tout vendre... Hélas !... ma mère !...
(*frappant rudement à la porte de l'auberge*) Holà !
Holà ! ouvrez !

SCÈNE V.

Les précédens, L'AUBERGISTE.

L'AUBERGISTE *regardant par la fenêtre.*

Eh ! là ! là ! Qui est-ce qui frappe ainsi ?

FRÉDÉRIC.

C'est moi... ouvrez : donnez tout ce que vous
avez... du pain , du vin... et tout à l'heure.

L'AUBERGISTE.

Du vin ! oh ! le gaillard ! Du vin ! et pour qui ?

FRÉDÉRIC.

Pour ma mère... Voyez-là... au nom du ciel,
dépêchez-vous.

L'AUBERGISTE.

Pr... pr... Quel tapage ! Eh ! monsieur le soldat,
qui faites tant de bruit, avez-vous de quoi payer ?

FRÉDÉRIC.

Voici de l'argent, tout ce que j'ai... Mais au
nom de Dieu, descendez...

L'AUBERGISTE.

Patience ! patience ! (*il ferme la fenêtre*)

SCÈNE VI.

FRÉDÉRIC, WILHELMINE

FRÉDÉRIC *retournant à sa mère , qui est à-peu-
près évanouie.*

La faim... souffert la faim !... Et moi, j'avais

de tout en abondance !... Hier, encore, je me fis servir un morceau de rôti, tandis que ma malheuse mère... Ah ! Dieu ! Dieu !...

WILHELMINE *très-faiblement.*

Calme-toi , cher enfant ; je me trouve un peu mieux... Je te revois... Bientôt je ne sentirai plus mes maux... mais j'ai beaucoup souffert... j'ai été bien malade.

FRÉDÉRIC.

Malade ! et je n'étais pas là pour vous soigner ! Qui sont donc les barbares qui vous ont abandonnée !... Mais... voilà qui est fini... je ne vous quitte plus... je suis devenu grand et fort... je suis en état de travailler... Ma mère , vous ne manquerez plus de rien.

SCENE VII.

Les précédens, L'AUBERGISTE.

L'AUBERGISTE *sortant de la maison avec une bouteille de vin et un verre.*

Voici du vin !... C'est du bon, de l'excellent !... Ce n'est que du vin de Franconie, mais il a le goût de celui du Rhin.

FRÉDÉRIC.

Voyons , donnez, donnez... Combien tout cela coûte-t-il ?

L'AUBERGISTE.

J'ai outre cela du bon vin de France dans ma cave... C'est de celui-là que vous devriez goûter...

FRÉDÉRIC, *plein d'impatience, veut lui arracher la bouteille.*

Donnez , vous dis-je.

11

L'AUBERGISTE.

Doucement , doucement... Il me faut d'abord de l'argent.

FRÉDÉRIC *lui remettant tout son argent.*

Tenez, tenez... (*Il verse à boire à sa mère.*)

L'AUBERGISTE *en comptant son argent.*

Il y manque deux liards de bon compte... Allons... allons... il faut être humain. . . Cette femme se meurt... Mais , au moins , qu'on prenne garde à la bouteille et au verre. (*Il rentre.*)

SCÈNE VIII.

WILHELMINE, FRÉDÉRIC.

WILHELMINE *rendant le verre à Frédéric.*

Je te remercie , mon cher Frédéric... Le vin que je viens de boire , et la main surtout qui me l'a donné , m'ont rendu la vie.

FRÉDÉRIC.

Dieu soit béni , ma mère ! Vous voilà mieux que tantôt. Mais tranquillisez-vous. Ne parlez point... et laissez-moi vous conter tout ce qui m'est arrivé depuis que je vous ai quitté, il y a cinq ans. Oh! cette absence m'a paru bien longue.

WILHELMINE.

Tu as été long-temps sans m'écrire.

FRÉDÉRIC.

Hélas! ma mère! vous l'avouerai-je ? Un pauvre soldat n'a pas toujours de quoi payer un port de lettre ... Je tremblais que les vôtres , quelques chères qu'elles m'eussent été, ne me fussent parve-

nues dans un de ces malheureux momens ; je crai-
gnais de me voir exposé à cette petite mortifica-
tion... Et puis , je vous croyais toujours dans le
même état où je vous avais laissée... Tous les
jours je roulais dans ma tête le projet d'aller vous
rejoindre , et voilà comme , de mois en mois , de
jour en jour , le temps s'est écoulé... Me par-
donnez-vous , ma bonne mère ?

WILHELMINE *l'embrassant.*

Viens! que je scelle ton pardon !... Je te revois...
Pense-t-on qu'un malheur ait existé quand il n'est
plus ? Tu as donc demandé un congé ?...

FRÉDÉRIC.

Pour deux mois seulement, et cela *pour certaine*
raison... Mais vous avez besoin de moi...plus de
service... plus d'absence... je reste.

WILHELMINE.

Non , mon ami , la douceur de te revoir , le
plaisir de t'avoir embrassé, vont me rendre la santé.
Je retrouverai mes forces, et pourrai me remettre
à travailler comme auparavant... Tu pourras re-
partir. Tu poursuivras une carrière , où , avec du
cœur et le sentiment de l'honneur , on peut faire
son chemin. Tu as , dis-tu, demandé un congé
pour certaine raison.... Puis-je la savoir , cette
raison ?

FRÉDÉRIC.

Tenez , ma mère , je m'en vais vous la dire...
Lorsque je vous quittai , oh ! bien tristement, il
y a cinq ans; vos bontés m'avaient fourni de tout...

Habits, linge, argent même, rien ne me manquait ;...
mais vous oubliâtes une chose que vous crûtes
apparemment peu essentielle ; et qui, cependant,
l'était beaucoup. C'était de joindre à tout cela mon
extrait baptistaire. (*Wilhelmine se trouble*) Un
garçon de quinze ans ne pense pas à tout. J'étais
d'ailleurs un étourdi. Cet oubli n'a pas laissé cependant que de me causer bien des désagrémens...
Souvent je me suis vu tenté de quitter la vie de
soldat , et ne me trouvant pas tout-à-fait dénué
d'intelligence, je voulais apprendre un métier quel
qu'il fût ; mais quand pour cet effet j'allais me présenter à un maître... la première demande qu'on
me faisait, était celle de mon extrait baptistaire...
Cela me fâcha , me découragea ;... et rebuté par
toutes les contradictions, qu'on me suscitait sans
cesse sur cet objet, je pris le parti de rester soldat...
Dans ce métier on demande simplement si vous
avez du cœur ; et vous m'en aviez formé un , ma
digne mère , fait au courage aussi bien qu'à la
vertu : avec tout cela cette affaire ne laissait pas
que de m'occasionner quelques tracasseries. Mes
camarades n'ignoraient pas ce qui m'était arrivé...
Mes projets et la façon dont je les avais vu échouer...
Les mots de bâtard... d'inconnu , d'enfant de la
fortune , sifflaient sans cesse à mes oreilles ; deux
ou trois fois même je fus obligé de me battre , et
fus mis aux arrêts... Mon capitaine (O ma
mère ! quel excellent homme !) mon capitaine,
qui m'aimait , me fit un jour venir chez lui...

Burchel, me dit-il, je vois avec peine la façon
dont tu te conduis... Tu me mets souvent dans
la nécessité de te punir, et c'est toujours malgré
moi ; car tu es un brave garçon d'ailleurs. Tu fais
bien ton service, et sur cet article... je n'ai rien à
dire... mais tu as malheureusement la tête un
peu près du bonnet : tous les jours tu te querelles
avec tes camarades, et cela n'est pas bien. Ton
caporal m'a dit un mot touchant le motif de ces
fréquentes disputes... et je veux y mettre une
fin... Je te donne un congé de deux mois... Va-t-en
chercher ton extrait baptistaire, et reviens au
temps prescrit... O ma mère ! comme dans ce
moment votre image vint se peindre à mes yeux !
je ne vis plus que vous.... je ne ne sentis plus que
le bonheur de m'approcher de vous... et dans
l'excès de ma joie je ne pus trouver de termes à
exprimer ma reconnaissance... Mon capitaine me
sut gré de mon embarras... Il en loua le motif,
et me serrant affectueusement la main, il me donna
une pièce de six francs... tiens, mon garçon,
me dit-il, sois toujours bon enfant... Conduis-toi
sagement, ne perds point ton temps ; pars. J'obéis,
je partis, et me voilà.

WILHELMINE, *dont l'embarras a toujours redou-
blé pendant ce récit.*

Tu es donc venu, pour... chercher... ton extrait baptistaire.

FRÉDÉRIC.

Oui.

WILHELMINE *sanglottant.*

Malheureux ! Wilhelmine !

FRÉDÉRIC.

Ciel ! qu'avez-vous, ma mère ? . . . parlez.

WILHELMINE.

Je ne saurais... Je . . . je ne puis te le donner.

FRÉDÉRIC.

Non ! Et pourquoi ? quelle raison ?

WILHELMINE.

Tu es... O mon courage ! soutiens-moi. . . . .
Tu es le fruit d'une union que les lois n'ont point
jugée légitime ; je ne suis point mariée...

FRÉDÉRIC *s'arrachant de ses bras.*

Grand Dieu !... Vous n'êtes point mariée; . . . et
moi, malheureux enfant !... qui suis-je ?... qui donc
est mon père ?

WILHELMINE.

Ah ! cache-moi ce regard qui m'atterre. . . je ne
puis le supporter...

FRÉDÉRIC *se jettant à ses pieds.*

Ma mère! pardonnez... pardonnez à votre fils...
Il n'est point malheureux. . . Vous lui restez...
Mais quel sera son sort !... Qui donc est mon
père ?

WILHELMINE.

Lorsque tu partis, il y a cinq ans... tu étais
trop jeune pour qu'un pareil secret pût t'être découvert... Mais le moment est venu où il faut
rompre enfin un silence cruel... Le moment est
venu où mon fils va devenir mon confident et

mon juge. .. Ah ! ne sois pas pour ta malheureuse mère un juge rigoureux ! vois dans ses
malheurs , dans cet état de misère et d'avilisse-
ment où tu viens de la retrouver , l'expiation de
ses fautes. .. Ouvre-lui tes bras , et que le sein
qui t'a porté , puisse y recevoir un asile.

FRÉDÉRIC.

Ah ! ma vie vous est consacrée !... Que le sentiment de vos peines passe dans mon cœur, qu'elles
y restent en dépot ! Que vos maux , vos douleurs ,
soient mon partage.... Ma mère , ne me refusez pas
cette douceur.

WILHELMINE.

Eh bien ! mon enfant, tu sauras tout ! mais ne
me regarde point, je t'en prie , durant ce récit ;
par pitié cache-moi tes yeux. Un seul de leurs regards enchaînerait ma langue... Pour un cœur
né vertueux , il est affreux d'avoir à rougir aux
yeux de l'innocence.

FRÉDÉRIC.

Ma mère... je vous obéirai.

WILHELMINE.

Ce village que tu vois de ce côté est le lieu de ma
naissance. Mes parens étaient de bons laboureurs ,
pauvres, mais vertueux. J'étais leur unique enfant,
et j'étais leur idole... J'avais à peine quatorze ans,
lorsque la dame du château, aussi respectable par
son rang que par ses vertus , m'ayant rencontrée
un jour à la promenade... me prit en affection ;
et ayant demandé la permission à mes parens de

m'emmener avec elle, je lui fus accordée... Elle eut
de moi le plus grand soin , prit plaisir à former
mon éducation , fit disparaître bientôt ce qu'elle
avait contracté de rustique ; et mes dispositions
naturelles ayant secondé ses bonnes intentions... je
devins en très-peu de temps une jeune personne à-
peu-près accomplie... J'avais dix-sept ans lorsque
le fils de ma bienfaitrice, qui servait dans l'armée,
revint de ses campagnes... Je le vis alors pour la
première fois... Et bientôt je ne vis plus que lui...
Il fut le premier qui m'apprit que j'étais belle. Il
fut le premier qui me fit mettre un prix à ma
beauté. Il fut le seul pour qui j'eusse aimé à l'être
toujours... O mon cher Frédéric!... ne me regarde
point encore. Laisse-moi achever.

(*Frédéric baisse les yeux , et lui baise la main.*)

WILHELMINE *continue.*

Bientôt nos cœurs , d'accord avec nos yeux ,
parlèrent le même langage... sa bouche s'expliqua
enfin... je l'écoutai sans colère... je crus à son
amour... à ses sermens, à cette promesse si souvent
répétée, de ne vivre que pour moi... j'y crus, et ce
fut mon malheur. J'oubliai tout pour cette fatale
promesse... mes bons , mes vertueux parens ; les
principes de vertu qu'ils avaient fait germer dans
mon cœur... et les leçons de ce digne pasteur qui
avait eu soin de mon enfance , qui m'avait ensei-
gné les premiers élémens de ma foi... les bontés
de ma bienfaitrice... tout disparut! l'amour seul
fut écouté... il me perdit... je devins enceinte...

Frédéric ! toutes les fois que mes regards se tour-
nent vers cette église , où je contractai mes premiers engagemens avec Dieu... je crois voir... j'entends la voix du ministre de ses autels... et ces
mots... Que sont devenues tes promesses ?... tes
sermens à la vertu ? Ces mots retentissent jusqu'au fond de mon âme , et y portent, même
encore dans ce moment, le trouble et la terreur...
Dès que je me vis enceinte , l'illusion disparut. Le
voile enchanteur qui nous avait fasciné les yeux
jusqu'alors, se leva enfin... Nous vîmes clairement
nos malheurs , et ce ne fut qu'avec effroi que
nous envisageâmes l'avenir... Mon amant ne me
dissimula point les obstacles qui s'opposaient au
désir qu'il avait de m'épouser... Il craignait sa
mère, dont la hauteur lui était connue... Oh ! avec
quelle adresse il sut me faire goûter ses raisons !...
Il connaissait trop mon cœur pour ne pas lui
parler son langage ; et il n'eut pas de peine à me
persuader... Je promis tout ce qu'il voulut...
Je m'engageai à tout... Je lui fis le serment
solennel de ne jamais (à quelqu'extrémité qu'on
me réduisît) de ne jamais nommer le père de
l'enfant que je portais, et je lui ai fidellement
tenu parole. Son nom , ainsi que son image , sont
restés ensevelis dans le fond de mon cœur. Aucune
puissance n'eût été capable de l'en arracher...
Tranquille... et rassuré par mes promesses... son
congé expiré, il partit pour son régiment... et je
restai seule , abandonnée à toutes les horreurs de

mon sort... Mon état, qui de jour en jour, deve-
nait plus visible, commença à me donner les plus
vives inquiétudes... Bientôt il ne fut plus un mys-
tère... On me traita durement... surtout lorsque,
je refusai de nommer l'auteur de ma honte et de
mon déshonneur ; on me chassa de la maison avec
ignominie; et lorsque je vins me présenter à la porte
de mon père, il refusa de me l'ouvrir... ne voulut
point me voir ;... et dans la colère dont il était trans-
porté, je le vis sur le point de lancer, sur sa malheureuse fille, la plus terrible des malédictions..
Ma mère le retint... Oh! cette tendre mère !... Je
la vois... je la sens encore me repousser doucement de ses bras,... que je tenais serrés entre mes
mains... détourner son visage, dont elle cherchait
à me cacher l'émotion... me dérober ses larmes,
et me faisant signe de la main de m'éloigner,... pour
me soustraire à la fureur de mon père. Elle déta-
cha de son col une petite médaille d'argent, qu'elle
y portait toujours, et me la jeta... (*elle la tire de
sa poche*) la voilà... (*elle la baise*) jamais elle ne
me quittera... J'ai souffert la faim, la soif... j'eusse
péri ici de misère, que je n'eusse pu me résoudre
à m'en détacher... Restée seule, à l'entrée de la
nuit... sans argent... sans abri... j'errais à l'aventure,... Tout-à-coup je me trouvai au bord d'une
rivière... mon premier mouvement fut de m'y
jeter, et de finir ainsi tous mes maux... Une puissance invisible m'arrêta. . . L'image de ce digne
pasteur, qui avait soigné mon enfance, vint se

présenter à moi dans l'appareil le plus respectable... je crus entendre cette voix qui m'avait si
souvent persuadée, me dire :.. Qui es-tu pour disposer de toi ?... à qui sont tes jours pour que tu
aies le droit de les abréger ?.. apprends à souffrir
puisque tu l'as mérité... Saisie d'effroi... je me
sentis réveillée comme d'un long assoupissement ;
tremblante... étonnée, je reculai deux pas... Recueillant toutes mes forces, j'attendis que le jour
parût, pour me rendre chez lui... Il me reçut
avec bonté... ne m'accabla point de reproches...
Ma fille, me dit-il, le ciel est ouvert à celui qui
sincèrement se repentit de ses fautes... repentez-
vous et ne désespérez jamais des bontés divines...
Ici, dans ce village, vous ne pouvez séjourner
plus long-temps... Mais tenez... (en me mettant
quelqu'argent dans la main) prenez ceci... prenez aussi cette lettre... allez vous-en à la ville...
remettez-là à la personne à qui elle est adressée...
C'est une bonne et honnête veuve qui aura soin de
vous... Allez, mon enfant... conduisez-vous sagement à l'avenir... le ciel aura pitié de vous... En
disant ces mots il me donna sa bénédiction, et
me promit de travailler à me reconcilier avec
mon père... Dès ce moment je pris un nouvel
être... Sans quitter l'endroit où j'étais... je me
jetai à genoux... J'arrosai la terre de mes larmes...
j'adressai à Dieu une fervente prière ; je lui promis, je lui jurai de rester désormais inviolablement
attachée à ses lois... de ne plus m'égarer des sen-

tiers de la vertu... J'ai tenu ma parole, mon cher
Frédéric, je l'ai tenue... tu peux me regarder... '

FREDERIC *se jete dans ses bras... et après quel-*
ques momens,

WILHELMINE *continue.*

Ta naissance, qui arriva enfin, me causa
beaucoup de joie... et beaucoup de chagrin...
Deux fois j'écrivis à ton père; mais je ne reçus
point de réponse...

FREDERIC *vivement.*

Point de réponse !

WILHELMINE.

Doucement, mon ami... Nous étions alors en
guerre. Son régiment campait, tantôt dans un
endroit, tantôt dans un autre. En pareille circonstance, une lettre s'égare aisément... Non ; il
ne les aura point reçues... il m'aurait répondu...
son cœur n'était point méchant. Peut-être que si
j'eusse continué mes perquisitions... Mais soit
crainte... soit orgueil... je ne voulus point l'im-
portuner davantage. J'attendis long-temps en silence, et quelques années après... j'appris qu'il
était... marié ! Cette nouvelle fut un dernier coup
de foudre... j'en fus long-temps accablée... Mes
larmes coulèrent en abondance ; mais elles tari-
rent enfin... et ce furent les dernières que je ré-
pandis sur lui. Rappelant enfin tout mon courage,
je ne m'occupai plus que de toi, mon cher enfant!
Tranquille et solitaire, j'habitais une simple cabane et vivais du travail de mes mains... Toi seul

mon cher Frédéric, tu faisais toute ma joie...
toute ma consolation. Tout ce que je possédais de
connaissances et de lumières, tout fut mis en œu-
vre pour former ton éducation... Les instructions
que j'avais reçues ne servirent pas peu à favoriser
mon travail. A mesure que tu commençais à te
développer, je découvris en toi le germe d'une
belle âme... mais j'y découvris aussi celui des
passions les plus fougueuses... et compris combien
il était essentiel de t'apprendre de bonne heure à
les réprimer... Le penchant décidé que je te
voyais pour le métier de soldat me causa beaucoup de peine, par l'idée qu'il faudrait nous séparer un jour... mais remettant entièrement à la
Providence le soin de décider de ton sort, et
voyant ta résolution à cet égard inébranlable... je
pensai sérieusement à t'éloigner... Ton équipage fut
bientôt prêt... et je fis pour toi dans cette occasion
plus que je n'aurais dû faire... Le défaut de pré-
voyance est bien souvent... et presque toujours,
l'artisan de nos maux... Jeune... dans la vigueur
de l'âge... je m'imaginais que les moyens employés
jusqu'alors à ma subsistance ne me manqueraient
jamais... mais Dieu punit ceux qui mettent une
trop grande confiance dans des secours purement
humains et qui s'en reposent entièrement sur eux..·
Je tombai malade... mon travail cessa... le peu
qui me restait fut bientôt épuisé... Faute de pouvoir fournir au loyer de ma pauvre cabane... je
fus obligée de l'abandonner il y a quelques jours...

et avec ce bâton... ce sac... ces misérables haillons...
je suis venue attendre sur les grands chemins, de
la charité de mes semblables... un morceau de
pain... que souvent, hélas! on me refuse.

FREDERIC.

Et votre fils... pendant que vous souffriez,
avait de tout en abondance! Si j'avais pu en concevoir l'idée! Mais le ciel soit béni, qui vous a
conservée au travers de tant de dangers! Il nous
a réunis! nous ne nous séparerons plus... Je reste
avec vous... Oui, ma mère, je ne vous quitte
plus... J'écrirai à mon capitaine... il sera content...
j'en suis sûr. Je n'ai rien appris, à la vérité ; je
ne sais aucun métier... mais ces bras, faute d'autre emploi, sauront labourer la terre. Oh! oui,
tout ira bien... Nous serons heureux... mon travail prospérera... Dieu nous bénira... Il récompensera vos vertus... il me protégera à cause de
vous.

WILHELMINE.

Et je pourrais encore me dire malheureuse!

FRÉDÉRIC.

Mais vous ne m'avez point dit qui est mon
père... son nom...

WILHELMINE.

Le baron de Wildenheim.

FRÉDÉRIC.

Et vous dites... qu'il demeure là-bas... dans ce
château...

WILHELMINE.

Sa mère l'habitait autrefois... J'ai appris qu'elle
était morte et que son fils avait passé en France ,
où il avait épousé une demoiselle fort riche ;..
qu'en faveur de ce mariage avantageux, il avait
renoncé à sa patrie ; et qu'on avait confié à un
maître d'hôtel, un ancien domestique , le soin
de la maison.

FREDERIC.

N'importe ; j'irai le trouver... Fût-il dans les
entrailles de la terre, il faut que ma vue commence son supplice. O Dieu ! fallait-il que le
moment qui m'apprit à connaître mon père ,
m'apprît à le haïr!.. J'avais assez d'une mère pour
remplir toutes les affections de mon cœur...
Non ... je n'irai point le trouver... Pourquoi
chercherai-je à le voir, si je ne puis l'aimer... Laissons au ciel le soin de la vengeance... n'est-il
pas vrai , ma bonne mère ? Nous saurons bien
nous passer de lui... Mais... qu'avez-vous ? Dieu...
ma mère !

WILHELMINE (*se trouvant mal et s'évanouissant.*)

Ce ne sera rien, mon fils ! la joie... le saisis-
sement... J'ai besoin d'un peu de repos.

FREDERIC.

Ciel ! ce n'est que de ce moment, que je m'apperçois que nous sommes sur le grand chemin.
(*il frappe rudement à la porte de l'auberge*) Holà!
Holà !

SCÈNE IX.

Les précédens, L'AUBERGISTE.

L'AUBERGISTE (*à sa fenêtre.*)

Eh bien, qu'y a-t-il encore ?

FREDERIC.

Vîte, un lit... pour cette pauvre femme.

L'AUBERGISTE *avec ironie.*

Un lit... pour cette femme... Ah! ah! ah! Il est plaisant avec son lit!... Mon ami, j'ai déjà dit à cette femme que je ne puis plus la loger. (*il referme la fenêtre.*)

SCENE X.

WILHELMINE, FRÉDÉRIC.

FREDERIC.

Misérable coquin !... je ne sais qui me tient... Mais ma pauvre mère ! Dieu ! où trouver du secours ? (*Il cherche... et frappe enfin à la porte d'une chaumière.*) Holà, ouvrez !

SCENE XI.

Les précédens, LUCAS.

LUCAS.

Je vous salue, que voulez-vous ?

FREDERIC.

O mon ami ! regardez cette pauvre femme, prête à périr de froid et de misère !... C'est ma mère ! au nom du ciel, secourez-la !... qu'elle

puisse reposer, une heure seulement, sous votre
toît! Je vous le demande à genoux... le ciel vous
récompensera.

Lucas. (*Il se retourne et parle à quelqu'un dans
l'intérieur.*)

Taisez-vous donc. Je vous ai bien compris....
Brigite, prépare notre lit... tu battras un peu le
matelas... Allons, jeune-homme, venez m'aider
à la porter... là... doucement... Pourquoi me parler
du ciel, de récompense? On dirait, à vous entendre, que le ciel soit obligé de tenir compte
de pareilles bagatelles... Allons... courage...
tournez par-là... Un lit, vous l'aurez tel qu'il
est... et puis après... nous verrons.

(*Ils portent Wilhelmine dans la chaumière.*)

FIN DU PREMIER ACTE.

ACTE II.

SCÈNE PREMIÈRE.

*Le Théâtre représente l'intérieur de la chau-
mière de Lucas.*

WILHELMINE, LUCAS, FRÉDÉRIC, BRIGITE.

(*Wilhelmine est assise sur le devant de la scène ;
les autres l'entourent.*)

FREDERIC.

Mes chers amis ! Vous n'avez donc rien... rien
à lui donner.

BRIGITE.

Tiens, Lucas, va-t-en voir là-bas à cette auberge. L'hôte est not' voisin... il te donnera ben
une bouteille d'vin, peut-être.

FREDERIC.

Oh non ! c'est un homme dur... son vin est
aussi mauvais que son cœur... Il a empoisonné,
je crois, ma pauvre mère.

LUCAS.

Not' femme, va-t-en voir : la poule noire a
pondu... Un bon œuf frais, là... ou bien une
tranche de ce petit cochonnais que je tuâmes hier...
c'est qu'il était d'un blanc, d'un gras...

BRIGITE.

Non , Lucas , non. Mais , tiens , va l'y chercher
cette goutte d'eau-de-vie que tu laissas hier dans
ton verre.

FREDERIC.

Dieu vous bénisse , mes amis , et récompense
votre zèle... Ma mère avez-vous entendu?...

(*Wilhelmine fait signe qu'oui.*)

FRÉDÉRIC.

Désirez-vous quelque chose ?

(*Wilhelmine fait signe que non.*)

FRÉDÉRIC.

Elle ne veut rien... et cependant... mes bons
amis ! n'y a-t-il pas quelque médecin ici aux environs ?

LUCAS.

De chevaux , oui ; là-bas , au bout du village...
un médecin ! Est-ce que nous autr' paysans, nous
connaissons cette espèce-là. Je n'sommes jamais
malades... et puis voyez-vous ces bras... c'est en
travaillant , morgué , que nous guarissons...
Un médecin ! je n'en avons vu jamais la figure
d'un seul, ni Brigite non plus.

FRÉDÉRIC.

Hélas ! que faire , que devenir ! ma pauvre
mère... elle va mourir entre mes bras... O mes
amis ! ayez pitié de moi ; priez pour moi. Oh !
priez pour moi.

WILHELMINE *d'une voix très-affaiblie.*

Tranquillise-toi , mon enfant ! Je me sens un

peu mieux... mais si faible... Si je pouvais avoir...

FREDERIC *vivement*.

Oui , ma mère, vous aurez tout. .. D'abord je vais... mais où ? point d'argent ; rien, absolument rien ; ô Dieu ! Dieu !

BRIGITE.

Vois - tu , Lucas , je te le disais ben hier.. ; Tu étais si pressé de payer la taille à ce vilain homme noir...

LUCAS.

Oui , velà qu'est ben dit à présent... Va t'en le ratrapper si tu peux... c'était mon dernier sol ; et je n'en avons plus , après lui, un seul de vaillant dans le monde.

FRÉDÉRIC *dans le plus grand désespoir*.

Eh bien ! puisqu'il ne me reste plus de ressources, je mendierai, oui je mendierai... la charité... et si je ne rencontre que des tigres , des âmes féroces... je... je volerai. . . le parti en est pris... Mes amis , faites ce que le ciel vous mettra au cœur de faire. . . ne l'abandonnez pas... dans un moment je suis à vous, . . (*Il sort en désespéré*)

SCENE II.

WILHELMINE , LUCAS , BRIGITE.

BRIGITE *rappellant Frédéric*.

Eh là là... écoutez. . . prr. . . le voilà bien loin. Je voulais lui dire d'aller chez M. le pasteur· Ah ! pour celui-là, il lui aurait bien donné quelque chose. . . il ne renvoya jamais le pauvre à vuide , lui.

WILHELMINE *d'une voix très-languissante.*

Mes amis ! dites-moi, je vous prie... Le bon vieux pasteur vit-il encore ?

BRIGITE.

Hélas ! non. Ce brave homme nous l'avons perdu il y a deux ans , et nous le pleurons encore.

LUCAS.

C'était not' père à tous.

BRIGITE *pleurant.*

Oui ! not' père... jamais nous n'en trouverons un pareil.

LUCAS.

Eh ! là , là. Tu pleurniches toujours , comme si les larmes ne coûtaient rien. Et encore ne faut-il pas ôter la laine d'un mouton , pour couvrir le dos d'un autre... voyez - vous ! Not' pasteur d'aujourd'hui n'est donc pas un honnête homme à ton avis.

BRIGITE.

Je ne dis pas là contre , not' homme : je n'en avons jamais entendu dire que du bien, et jamais du mal. (*à Wilhelmine qui est toujours dans le plus grand accablement*) Celui-ci demeure dans la maison de monsieur le baron , not' bon seigneur... le fils de la dame, à qui appartenait ce château ; là-bas, tenez, vous en pouvez découvrir le toît par cette fenêtre...

LUCAS *allumant sa pipe.*

Je crois que c'est lui, qui a été, comme on dit, le gouverneur de not' jeune demoiselle. O morgué !

Elle est bien élevée celle-là. Voirement il n'y a
pas perdu ses peines. Faut voir comme elle se
tient quand elle entre à l'église. Ça vous salue,
à droite, à gauche; et bonjour par-ci, bonjour
par là; et puis un petit signe de tête gracieux à
l'un, un petit mot, doux comme miel, à l'autre;
et ma bonne, comment va-t-il? et mon ami,
comment ne va-t-il pas? Oh! c'est un charme
que cette gentillesse-là.

BRIGITE.

Ah! c'est ben vrai ça.... Mais ce n'est pas là
tout. Faut la voir au prêche, assise dans son
banc... C'est que ça ne ricanne pas; dame! ça
vous prie Dieu, comme une sainte; son éventail
droit devant la figure, et puis les yeux fixés toujours sur M. le pasteur, sans tournailler de droite
et de gauche, comme tant d'autres que je connaissons.

WILHELMINE *fort troublée.*

Mes amis! qui est cette jeune demoiselle....?

LUCAS.

Eh! la fille de son père apparemment, de M. le
baron de Wildenheim.

WILHELMINE *avec la plus grande émotion.*

Est-il ici?

BRIGITE.

Comment, vous ne savez pas ça. Allons; fait
bien voir que vous venez de loin. (*confidemment*)
Il y aura vendredi cinq semaines, qu'il arriva ici,
au château; lui, sa fille, ses chiens, ses chevaux
et tout le bataclan.

WILHELMINE.

Le baron de Wildenheim !

BRIGITE.

Lui-même.

WILHELMINE.

Et... sa... femme ?

LUCAS.

Elle est morte, Dieu merci ; et , entre nous soit
dit, je n'en sommes pas ben fâchés , quoique nous
ne voulions la mort de personne. .. pas même du
chien de ce monsieur si bien frisé , qui mord tout
le monde. Mais, c'est qu'elle était fiare et hau-
taine, et qu'elle n'a jamais voulu que not' bon
seigneur vint voir ses fidèles vassaux , et recevoir
leur bénédiction, qui est comme la pluie sur la
terre , voyez-vous ; ça fait prospérer. Elle disait,
comme ça , que ce n'était point noble, et puis
que nous n'étions que des paysans , et puis , qu'il
valait mieux vivre à la ville qu'aux champs , parce
que les maisons y étiont toutes d'or , et puis , que
sais-je? Mais vela qu'elle n'y est plus ; et qu'il ne
faut pas en dire du mal , puisqu'elle n'est pas là
pour dire que nous en avons menti. Not' bon seigneur n'est pas comme ça li... drès qu'elle est devenue morte ... il l'a planté là... et tout de suite,
Allons, fouette cocher, il est venu voir si le lieu
de sa naissance était encore au même endroit
qu'il l'avait laissé... mais, dame ! c'est qu'il est
né ici, voyez-vous... il y est devenu grand et
fort... ça n'avait pas sept ans que ça vous jouait

de la boule , à vous estropier... et puis le soir...
Eh ! t'en souviens-tu , Brigite... comm e il vous en
venait danser avec nos filles sous l'ormeau ?

BRIGITE.

Je ne m'en souviendrais pas ! Non, il me semble le voir encore... son petit air mutin. . . ses
cheveux bouclés... chapeau sur l'oreille... la brette
au côté.... Oh ! il était charmant, il était charmant.

LUCAS.

C'est vrai comme tu dis... Oh ! mais... surtout
en habit d'officier... c'est qu'il vous faisait tourner la tète à toutes nos filles. Dame ! il en a
trompé plus d'une... C'était un gaillard... un vrai
enjoleux. Mais, fallait ben aussi qu'il eut queuque
défaut... le meilleur terroir produit bien par-ci
par-là queuque ronce , ou queuque épaine.

BRIGITE.

Tu as raison ; mais tiens ne parlons pas de ça ;
car vois - tu , je n'aimions pas à dire queuque
chose qui ne fût pas à son honneur, et puis je
n'aimons pas à dire du mal de qui que ce soit...
ça fait mal à la langue. Not' bon vieux pasteur
disait toujours, quand on l'a trop pendue on la
mord. Aussi je me gardions bien de dire tout ce
que je savions ; mais je n'en pensons pas moins
et depuis l'aventure arrivée à cette pauvre petite
Burchel.....

LUCAS *l'interrompant.*

Tais-toi, femme... ne voilà-t-il pas que tu re-

commences encore... tu vas nous conter des fa-
gots ; des histoires, qui n'ont ni père ni mère...
est-ce que tu l'as vue donc ? Est-ce que tu étais là?..
Est-ce qu'elle a jamais dit qu'il fût le papa du
poupon?..

BRIGITE.

Pas d'autr' que lui. . . Tiens... je ne mettrais pas
mon doigt au feu, parce que ça brûle... mais
je parierais ben mon beau bonnet des diman-
ches... oui, ma figue, mon bonnet à franges
d'or, vois-tu ? Oh fi ! fi ! ça n'était pas beau ; ça
était ben méchamment manigancé que tout ça.
Dieu sait ce qu'elle est devenue, cette pauvre petite criature ! . . . peut-être morte de faim, ou
de misère... ou pis encore... Vois - tu , Lucas,
j'ai toujours eu cette affaire-là, gros comme un
caillou, sur la poitreine... et puis quand je pense
à ce bon homme Burchel... cet honnête vieillard ! il vivrait encore, dà, s'il n'était mort de
chagrin.

WILHELMINE *qui dès le commencement de ce*
dialogue s'est trouvée mal , s'évanouit tout-à-fait.

LUCAS.

. Eh ! tais-toi, tais-toi , tu bavardes sans cesse..
Mais tiens (*montrant Wilhelmine*) regarde, la vlà
qui s'en va.

BRIGITE.

Ah! mon Dieu ! mon Dieu! la pauvre femme!..
qu'allons nous faire ?..

14

LUCAS.

Portons - la sur not' lit... Elle est, ma foi ,
devenue, je crois, tout-à-fait morte. Allons, allons,
boutons - la sur not' lit... dans une heure ou
deux tout sera dit. (*Ils portent Wilhelmine toute*
évanouie. La toile tombe.)

SCENE III.

Le Théâtre représente un salon du château
de Wildenheim. Un domestique prépare le
déjeûner. Le baron entre en habit du matin.

LE BARON *au domestique.*

Monsieur le comte dort encore...

HENRI.

Non, monsieur, il vient de se faire coiffer.

LE BARON.

Je m'en doutais à l'odeur empestée de je ne sais
quelle poudre ou quelle pommade répandue dans
la maison. (*à Henri*) Appelez ma fille. (*Henri*
sort , le baron s'assied) Je pense que monsieur
le conseiller-privé , mon ancien ami, m'a envoyé
là un assez mince sujet. Tout ce qu'il dit me paraît si frivole que cela m'impatiente... Nous autres Allemands... nous sommes de bonnes gens...
francs , honnêtes , braves comme notre épée...
mais pour les grâces , oh ! c'est un avantage qui
revient et qu'il faut céder à une nation vive et
sémillante , dont nous sommes, pour l'ordinaire ,
de très-mauvais copistes. La plûpart de nos jeunes gens en fournissent la preuve... On les fait

voyager en pays étranger ; ils ne restent dans chaque endroit qu'assez de temps pour en saisir les travers et les ridicules. . . Notre jeune homme me paraît être un peu dans ce cas... Voyons cependant, ne précipitons rien... Je roule dans ma tête un projet dont il faut que ma fille décide le succès... Le cœur de cette aimable enfant n'a point encore parlé. . . Il souscrirait aisément à tout ce que je voudrais. . . Mais mon Amélie m'est trop chère pour que ma seule volonté détermine son choix. C'est celui que fera son cœur qui sera le mien. . . Je veux qu'elle soit heureuse. . . Hélas ! ce n'est que dans son bonheur que je puis espérer de retrouver le mien... celui que j'ai perdu... que dis-je ? que je me suis moi-même ravi. . . volontairement ravi... (*il soupire et rêve profondément*) Il est temps cependant que je songe à l'établir... Non, non. . . le nom de Wildenheim que mes ancêtres ont illustré. . . qu'ils ont si glorieusement porté... dont l'éclat n'a jamais été altéré.. ce nom va périr... le dernier souffle de ma vie va l'éteindre et l'effacer ! Ah ! si le ciel m'eût accordé un fils. . . Le ciel est juste... il a voulu que ce nom, dont je suis si fier , pérît avec celui qui le premier en a souillé la pureté... Mais dissipons , s'il se peut, ces tristes idées. . . Elles troubleraient ma tranquillité apparente, et j'inquiéterais mon Amélie.. . . La voici.

SCÈNE IV.

LE BARON, AMÉLIE *en déshabillé du matin.*
(Elle court embrasser son père.)

AMÉLIE.

Bonjour, mon cher père.

LE BARON.

Bonjour, mon Amélie... toujours gaie...

AMELIE.

Oh ! oui.

LE BARON.

Bien reposée... pas la plus légère inquiétude?

AMÉLIE.

Aucune. Et comment en aurais-je ? Vous tra-
vaillez sans cesse à les prévenir.

LE BARON.

C'est bien là toujours, mon enfant, l'objet de
mes soins. Dans le fond... comment à quinze
ans avoir des soucis... Tu as un père qui t'aime
tendrement. Un' amant... oui Amélie, un amant
qui ne demande que la permission de te présenter son hommage. Eh, qu'en penses-tu ? Le jeune
comte de Muller, qui loge au château depuis hier,
comment te revient-il?

AMELIE.

Mais, fort bien... je crois.

LE BARON.

Et tu dis cela sans rougir...

AMÉLIE.

Pourquoi pas ?

LE BARON.

N'aurais-tu point, par hasard, rêvé cette nuit que...

AMELIE *l'interrompant.*

Oh oui! mon papa! J'ai rêvé que nous étions encore en France... Que notre pasteur, M. Erman, voulait nous quitter... que vous vouliez le renvoyer... je pleurais... je pleurais... et même, en me réveillant, je me suis sentie encore les yeux tout humides.

LE BARON.

Tiens, mon enfant! s'il t'arrive de rêver encore, rêves que M. Erman te prend la main, là, comme ça; (*il fait le geste*) qu'il prend en même-temps celle du comte et qu'il les unit ensemble... Que penses-tu de ce rêve-là?

AMELIE.

Mon père, j'en penserai... tout comme il vous plaira.

LE BARON.

Ce n'est pas ce que je demande. (*il prend une chaise et fait asseoir sa fille à côté de lui.*) Écoute, mon Amélie! Il m'est essentiel de savoir ton opinion au sujet du jeune comte de Muller. La façon dont tu le juges ne peut m'être indifférente. Je veux savoir enfin, s'il n'a pas fait quelque impression sur ton cœur... peut-être ne l'as-tu pas consulté là-dessus... Peut-être ne sais-tu pas bien toi-même ce qui en est. Veux-tu que nous l'examinions ensemble?

AMELIE.

Volontiers.

LE BARON.

Lorsque l'hiver dernier tu le vis deux ou trois
fois au bal ; qu'il vint te prendre pour danser un
menuet... Lorsqu'après avoir dansé il t'offrit de
si bonne grâce quelques rafraîchissemens... qu'il
répandit sur ton mouchoir de poche un flacon
tout entier d'eau de senteur... qu'il te dit... tant
et tant de jolies choses... que pensais-tu alors ?

AMELIE.

Ce que je pensais... Attendez, je ne m'en sou-
viens plus... mais si vous le voulez, je vais tâcher
de me le rappeler.

LE BARON.

Il n'est pas nécessaire... c'est ton cœur que
j'interroge et non pas ta mémoire... S'il n'a rien
dit alors dont tu puisses te souvenir aujourd'hui,
j'ai lieu de croire que ton cœur n'a pas encore
parlé. Je te dirai cependant , mon enfant, que la
recherche du jeune comte est de nature à entrer
en considération... Son père est mon meilleur
ami... il désire ardemment une union entre nos
deux maisons, qui resserrât de plus en plus les
nœuds de notre ancienne amitié... Il est riche...
possède un grand nom... c'est quelque chose
que tout cela.

AMELIE.

C'est bien peu... ce n'est rien , à ce que m'a
dit souvent M. Erman... et vous savez , mon
père , qu'il parle toujours bien... Les richesses
et la noblesse sont des dons du hasard.

LE BARON.

Il a raison... Mais... quand à ces avantages on joint le vrai mérite... les qualités du cœur en un mot... tu m'avoueras, qu'il n'y a plus à balancer.

AMELIE *souriant.*

Est-ce là le cas du jeune comte de Muller ?

LE BARON *embarrassé.*

Son père a rendu de grands services à l'Etat ; c'est un de mes anciens amis. C'est lui qui me fit connaître ta mère... qui me la fit épouser, et qui crut par ce mariage si avantageux... pour la fortune... assurer mon bonheur. Je lui dois beaucoup. Il sollicite ta main pour son fils, avec empressement, et juge assez favorablement de lui pour croire que s'il ne t'intéresse pas encore... il pourra t'intéresser un jour.

AMELIE.

Il croit cela ?

LE BARON.

Oui... Mais toi ?

AMELIE.

Moi?... non... Cependant, mon père, vous savez que je n'ai de volonté que la vôtre.

LE BARON.

Et c'est ce que je ne veux pas... Dans le cas dont il s'agit, cette condescendance deviendrait faiblesse de ta part... tyrannie de la mienne... Tu n'as pas d'idée encore, mon enfant, de ce que c'est qu'un lien formé sans amour... sans simpathie

de caractère... d'un lien que l'orgueil, que l'ambition seuls auraient tissu. Combien il est dif-
férent de celui de deux cœurs unis par le plus
tendre sentiment ; qui, dès l'aurore de leur vie,
ont appris à se connaître... à s'aimer... à n'exis-
ter que pour le bonheur l'un de l'autre. (*se repre-*
nant) La question est de savoir, mon enfant, si
tu crois, qu'avec le temps, tu pourras devenir
sensible au mérite du jeune comte... si tu pourras l'aimer enfin... et j'ai là-dessus encore quelques petites questions à te faire... Mais de la franchise... la vérité surtout.

AMELIE.

Je n'ai jamais appris à la déguiser.

LE BARON.

Oh çà ! ne conviendras-tu pas qu'hier au soir,
lorsqu'il vint nous surprendre si inopinément,
tu sentis une légère émotion... Il y eut même un
moment où je le vis t'approcher de bien près... te
prendre la main.... je crus même te voir l'air plus
ou moins embarrassé... je crus. ,.

AMELIE *l'interrompant.*

Embarrassé ? non... mais fâché... oui... car je
me rappelle fort bien, que dans ce moment dont
vous me parlez, il me marcha sur le pied d'une
telle force, que je fis un grand cri ; et ne voulus
plus qu'il m'approchât de la soirée... J'avais outre
cela beaucoup d'humeur et surtout contre lui...
car vous me fîtes appeler au moment où je descen-
dais au jardin, où M. Erman m'attendait, et

je vous assure que ce contre-temps me déplut infiniment.

LE BARON *à part.*

Ce contre-temps... de l'humeur... Allons, je
vois bien que la corde qui doit donner du son à
cet instrument n'a point encore été touchée. Ne
désespérons pas cependant (*à Amélie*) mon enfant,
c'est assez... je n'en veux point savoir, davantage. Ton bonheur, qui m'est bien plus cher que
le mien, ton bonheur que je veux assurer, est
le seul motif qui m'ait engagé à te faire toutes
ces questions.... Le mariage, ma chère Amélie,
quelque idée qu'on s'en forme, n'est pas toujours un état heureux... Avant de penser à former
des nœuds qui ne se rompent qu'avec la vie, il
faut connaître les obligations qu'ils nous impo-
sent, et les devoirs qu'ils prescrivent... Notre
digne pasteur, M. Erman, qui jusqu'à présent a
veillé à ton éducation, est celui que j'ai choisi
pour te donner là-dessus les instructions et les
directions convenables. C'est un homme sage,
éclairé, prudent... peut-être lira-t-il dans ton
cœur mieux que toi-même. Il connaît le comte...
il l'étudiera... il décidera s'il est digne de ton
choix ; et s'il en est ainsi, et qu'il puisse faire
le bonheur de mon Amélie, je n'aurai plus rien
à désirer. (*il l'embrasse, puis il appelle*) Henri!

HENRI.

Monsieur !

15

LE BARON.

Allez chez M. Erman... priez-le, de ma part,
de se rendre ici un moment.

AMELIE.

Et de ma part aussi, entendez-vous... n'y man=
quez pas.

(*Henri sort.*)

LE BARON *à part , tirant sa montre.*

M. le comte est furieusement long à sa toilette.
(*à Amélie*) Mon Amélie, donne-moi à déjeûner...
Notre conversation nous a fait tout oublier... toi-
même tu n'as rien pris... Allons, verse-moi du
thé.

(*Amélie se place à la table à thé.*)

LE BARON.

Le temps me paraît beau... T'es-tu promenée
ce matin ?

AMELIE.

Oh oui ! J'étais au jardin à six heures, dans le
bosquet de charmille... je croyais y trouver M.
Erman, qui aime aussi à se lever de bonne heure...
Il faisait le plus beau soleil... et malgré cela...
une fraîcheur...

LE BARON *à part.*

Si M. le comte pouvait se résoudre à sacrifier
quelques boucles de sa grande frisure... nous
pourrions faire un tour à la chasse... ce seraient
toujours une ou deux heures employées... car
avec de tels êtres, on ne sait trop que faire pour
tuer le temps... A la fin... le voilà.

SCENE V.

AMÉLIE, LE BARON, LE COMTE DE MULLER.

LE COMTE *au baron.*

Très-humble serviteur, mon colonel. (*à Amélie*)
Bel astre, permettez que je vous souhaite le
bonjour.

(*Amélie fait une légère inclination.*)

LE BARON.

Bonjour, M. le comte; il me paraît que quoique à la campagne vous n'aimez pas à vous lever
de bonne heure.

LE COMTE.

Pardonnez-moi, mon colonel... pardonnez-moi...
j'étais debout à huit heures du matin... mais mon
coquin de valet-de-chambre m'a joué d'un tour...
oh! un tour abominable; cela m'a mis dans une
colère... une agitation, qu'il m'a fallu plus d'une
heure pour me remettre dans mon assiette naturelle... et même... encore...

LE BARON.

Peut-on savoir la raison?

LE COMTE *à Amélie, en prenant une tasse de thé*
quelle lui présente.

Est-ce Vénus? Est-ce Hébé? sont-ce les Graces
qui...

LE BARON *l'interrompant.*

Eh! mon Dieu, non, M. le comte... ce n'est
que ma fille... tout simplement ma fille... Mais
dites-nous de grâce...

LE COMTE.

Ah ciel! vous m'assassinez. Vous r'ouvrez une plaie mal fermée... Tel que vous me voyez je vous parais calme... de sang-froid ; n'est-il pas vrai ? Eh bien , je me trouve enveloppé dans un labyrinthe de difficultés insurmontables , insur-montables en vérité... tellement enveloppé, vous dis-je , que je serai obligé d'écrire dès ce soir , oui, ma foi, dès ce soir à Paris.

LE BARON.

Cela me paraît sérieux... Mais...

LE COMTE *rendant la tasse à Amélie, chante :*
Oui! le nectar qu'on sert aux dieux ,
N'est autre chose... n'est autre chose...

AMELIE *l'interrompant.*

Mais dites-nous donc, M. le comte, ce qui vous est arrivé.

LE COMTE.

Vous l'ordonnez, sultane de mes pensées ! votre esclave obéit... Vous saurez d'abord que mon valet-de-chambre , parfaitement honnête-homme d'ailleurs , est un sujet à jeter par les fenêtres... d'une étourderie , d'une mal-adresse... vous en jugerez... Avant-hier , brûlant du désir de venir en toute diligence vous présenter mon hommage, je ne pensais à rien , et me reposais sur lui de toutes ces petites misères qu'un voyageur , qui veut paraître dans l'étranger avec quelque avan-tage , doit nécessairement traîner avec lui... Que croyez-vous que le maraud m'ait oublié ?.. là...

que pensez-vous ? je vous le donne en cent... en
mille... Vous ne devinez pas ?... Oh ! je le crois
bien... ma pommade... oui... ma pommade...
c'est comme je vous dis... vingt fois, trente fois
je lui répète, ne l'oublie pas... songe que cette
pommade est essentielle au bonheur de mon existence... que sans elle je ne suis pas assuré de me
présenter avec succès... car il faut que vous sa-
chiez, ma divinité, que ce n'est qu'à Paris qu'on
en fait de semblable... Mon pays (je suis fâché
de le dire, car... plus ou moins, on tient à
sa patrie) mon pays n'en saurait fournir de
cette sorte... c'est un moëlleux, une odeur...
un parfum délicieux... Je vous dis, il n'y a que
le premier parfumeur du Roi pour la faire, et
qui en faisait exprès pour moi, parce que je le
payais grassement... Vingt fois me trouvant de
jour chez la princesse Adélaïde, elle m'a fait
compliment sur l'odeur suave que ma pommade
répandait dans son appartement... Jugez à présent, mon adorable, et vous, mon colonel; oubliée... totalement oubliée... laissée, abandonnée
dans l'embrasure d'une fenêtre. Je le vois d'ici
mon trésor ; exposé à tous les dangers, détruit,
rongé par les rats !... Ah ! cette idée me met au
désespoir... Et croiriez-vous, mon colonel, qu'il
y a trente ans que ce coquin est dans ma maison ;
qu'il m'a vû naître... par reconnaissance pour
quelques légers services qu'il m'a rendu dans mon
enfance, mon bon homme de père m'a forcé à

le prendre avec moi... par bonté je le garde...
je l'empêche de mourir de faim , lui et sa famille...
et voilà la monnaie dont il me paie... Aussi je
n'ai pu y tenir plus long-temps... ma patience
était épuisée... et je viens de le renvoyer... il
est parti.

LE BARON.

Comment après trente ans de services?...

LE COMTE.

Tranquilisez-vous, mon colonel... il est remplacé... il est remplacé... J'en ai un qui coiffe!
ah! en hérisson, en hurluberlu , en aile de pi-
geon ; enfin c'est la huitième merveille.

AMÉLIE.

Et pour une pareille bagatelle...

LE COMTE.

Qu'appellez - vous bagatelle?.. manquer de
pommade !

AMELIE.

Mais , M. le comte, songez donc qu'en le ren-
voyant ainsi , vous le réduisez peut-être à la mendicité...

LE COMTE.

Ah! quel cœur , quelle âme! Vous allez inter-
céder pour lui, je le vois, et je sens ma faiblesse...
Mais rassurez-vous... le malheureux n'est point
aussi à plaindre que vous le pensez... Il est en
possession d'une pépinière d'enfans, qui, dès qu'ils
seront en âge et en état de travailler , lui gagne-
ront la vie... En attendant il est juste qu'il porte
la peine de sa faute.

AMÉLIE.

Comment! le pauvre homme est encore chargé
de famille... et vous auriez la dureté... Ah M.
le comte! reprenez-le... reprenez-le, je vous en
conjure.

LE COMTE.

Qui pourrait vous refuser, adorable enchanteresse?.. vos yeux ont parlé... votre bouche a
prononcé... vos ordres sont mes lois... le faquin
restera.

LE BARON à part.

Pour le coup je n'y tiens plus... (haut) Qu'en
pensez-vous, M. le comte, il fait beau... nous
avons encore deux bonnes heures avant le dîner...
si nous les passions à la chasse.

LE COMTE.

Bravo, mon colonel... bravo. Excellente idée!
(à Amélie) vous allez voir un habit de chasse,
il n'y en a pas un plus élégant dans tout Paris...
et mon fusil, mon colonel, mon fusil est unique...
une pièce achevée... Imaginez-vous qu'il est garni
en Stratz... vous jugez de l'effet qu'il doit faire...
au soleil surtout... cela vous jette un feu... un
éclat... Aussi, pour empêcher qu'il ne me soit
volé, j'y ai fait graver mes armes.

LE BARON.

Savez-vous tirer... là, un bon coup de fusil?..
êtes-vous chasseur?

LE COMTE.

Chasseur... comme cela... c'est un métier

un peu rude pour une santé aussi délicate que
la mienne... il faut des nerfs... et je n'en ai point.
D'ailleurs je ne suis point heureux... deux ou
trois fois j'ai voulu essayer. Mais le hasard ne
m'a jamais servi... Je n'ai jamais rien tué.

HENRI *annonçant*.

Monsieur Erman.

LE BARON.

Faites entrer. (*au comte*) Allons, comte, ne
perdons pas de temps... allez endosser votre
superbe habit de chasse. Dans un moment, je suis
à vous.

LE COMTE.

J'y vais, mon colonel, j'y vais... (*à Amélie*)
Pardonnez, mon adorable, si je quitte un instant
vos beaux yeux ; c'est un sacrifice que je dois à
M. votre père, et dont j'espère que vous vou-
drez-bien me tenir compte. (*Il sort en s'inclinant
profondément.*)

SCÈNE VI.

LE BARON, AMÉLIE.

LE BARON.

Ma chère enfant, j'ai deux mots à dire en particulier à M. Erman... éloigne-toi un moment...
J'ai... indépendamment de ce qui te regarde, à
l'entretenir aussi pour mon compte. Je te rappel-
lerai dans la minute.

AMÉLIE.

Mon cher père, croyez-vous que je puisse jamais
aimer le comte de Muller ?

LE BARON *en riant.*

C'est ce qu'il faudra voir... Le temps est un grand maître.

AMELIE *en sortant rencontre M. Erman, et le salue très-gracieusement.*

Bonjour, monsieur... mon papa me renvoie... sans quoi... je ne m'en irais certainement point.

SCENE VII.

LE BARON, ERMAN.

ERMAN.

Je me rends à vos ordres, monsieur le baron.

LE BARON.

Pardonnez, mon ami, si je vous ai fait appeler dans un moment peu favorable, peut-être, pour vos occupations. Mais votre présence est pour moi un bien si essentiel, que j'ai peine à m'en passer. C'est avec vous... avec vous seul, mon ami, que ceci (*montrant son cœur*) se découvre et se dilate... Vous seul percez au travers le voile qui cache les peines dont il est déchiré. Mais... ce n'est pas de moi dans ce moment qu'il s'agit... Un intérêt plus cher que le mien occupe mon esprit... Et quel plus cher intérêt ai-je au monde que celui de ma fille ! Oui... c'est de mon Amélie que je veux vous entretenir... Il se présente, pour cette aimable enfant, un parti très-considérable ; mon bon et ancien ami Muller me la demande pour son fils. Cette alliance complerait mes vœux... pour ce qui concerne la naissance et la fortune...

le jeune homme est. . . . à vrai dire, je ne sais
pas trop bien ce qu'il est, je ne le connais pas
assez pour le juger... et c'est à vous, mon ami,
que j'ai remis un soin si important.

ERMAN.

Et... mademoiselle Amélie ! ...

LE BARON.

Ma fille, vous le savez, n'a de volonté que la
mienne : ce qui me plaît , ce qui me plaira a déterminé jusqu'à présent sa façon de penser; .. et
c'est parce qu'il me plaît qu'elle soit heureuse, que
je ne veux rien décider sur un objet aussi important, avant que de l'avoir soumis à vos lumières...
L'expérience, mon bon ami, ne m'a que trop appris, combien une union qui n'a pour base que
l'ambition et la fortune entraîne de malheurs
après soi. Si dans le jeune homme dont il s'agit,
l'esprit se trouve organisé de façon à se faire
honneur dans le monde... si son cœur est bien
placé. .. je vous avoue que je verrais avec plaisir
ma fille établie d'une façon aussi avantageuse.

ERMAN.

L'esprit et le cœur, dites-vous, mon colonel... et
vous soumettez ces articles à mon examen... Cette
tâche me paraît bien pénible et bien difficile.

LE BARON.

Voilà pourquoi , mon ami , j'ai jeté les yeux
sur vous ; vous êtes le seul capable de la remplir.
C'est à vous à décider si dans le cœur du jeune
comte il ne se trouve rien qui puisse nuire au

bonheur d'un objet qui m'est si cher; et s'il en est ainsi, tâchez de décider mon Amélie en sa faveur; rendez-moi ce service, mon ami; ce n'est pas le premier, ce n'est pas le seul que vous m'aurez rendu.

ERMAN.

Je vous obéirai, monsieur... je parlerai... à mademoiselle votre fille.

LE BARON.

Vous me le promettez?... me voilà content Vos soins vont me délivrer d'un pesant fardeau : il en est un autre, mon ami, (*du ton le plus pénétré*) bien plus difficile à supporter. C'est ici (*mettant la main sur son cœur*) qu'il pèse, qu'il pèse violemment. Vous m'entendez... N'avez-vous rien découvert... rien à m'apprendre?

ERMAN.

Rien du tout... jusqu'à présent toutes mes recherches ont été infructueuses.

LE BARON.

Ah! mon ami, le ciel justement courroucé me punit... en m'ôtant les moyens de réparer mes outrages. Erreurs de ma jeunesse, où m'avez-vous entraîné! à quel prix ne rachetterais-je point les fautes que vous m'avez fait commettre! Oh! qu'i est heureux celui qui, dans tous les momens de sa course mortelle, jete des regards sereins sur la route qu'il a parcourue, et n'y voit point de traces de honte ni de déshonneur. Sur un chemin parsemé de fleurs, il s'avance tranquille-

ment vers une meilleure vie. . . La tempête des
remords. . . les cris d'une conscience effrayée ne
troublent point le repos de ses jours. . . le calme
et le bonheur accompagnent ses pas. . . Et moi!
moi! quel est mon état! Où trouver du soulagement à mes maux!

ERMAN.

Dans ce même repentir que le ciel a mis dans
votre âme... dans ce désir qu'il vous a donné de
réparer vos torts. C'est par le sentiment même
de vos fautes qu'il veut vous attacher à lui. .. et
c'est à votre résignation, à votre patience, qu'il
accordera un pardon, que vous ne devez cesser
d'implorer.

LE BARON fort troublé et l'embrassant.

Adieu, mon ami!... adieu... ne m'abandonnez
pas... je vais tâcher de me remettre. (Il sort.)

ERMAN le suivant des yeux.

Malheureux ami! que je te plains! Mais moi...
que viens-je de promettre! A quoi me suis-je engagé? Moi, parler à Amélie... sonder son cœur...
lire dans son âme... chercher à en découvrir les
plus secrets mouvemens... Oui, je l'ai promis...
je remplirai mon devoir... Raison, sagesse, philo-
sophie! venez à mon secours, imposez silence
aux sentimens d'un cœur trop agité!

FIN DU SECOND ACTE.

ACTE III.

—

SCÈNE PREMIÈRE.

La décoration du premier acte.

FRÉDÉRIC *seul, comptant quelques pièces de monnaie dans sa main.*

Voilà tout. . . tout ! et retourner. . . voir expirer ma mère. Non, je n'irai pas... je ne saurais marcher... mes pieds semblent s'attacher à la terre... La vue de cette chaumière sous laquelle reposent, peut-être les restes inanimés de celle qui me porta dans son sein ! Ah ! pourquoi n'en puis-je détourner les yeux ! Quel est donc ce penchant impérieux et secret qui m'arrache au ravissant spectacle que la nature déploie sur ces riantes plaines, pour me ramener sur un objet qui déchire mon cœur. (*regardant dans sa main ce qu'il a reçu*) Riches de la terre ! ce sont donc-là vos dons ! Ceci (*montrant une petite pièce de monnaie*) ceci me fut donné par un jeune-homme montant un superbe cheval qui fendait la poussière. Attrape, me cria-t-il, attrappe, voyons si tu es aussi bon coureur que mon cheval... (*montrant une autre pièce*) Cette pièce... je la tiens d'une dame qui avait quitté sa voiture pour s'extasier à loisir sur les sites pitto-

resques de la campagne , et les beautés de la nature... Je l'approche humblement... Là-bas, lui
dis-je , et les larmes ruisselaient de mes yeux , là-
bas, sous ce toît de chaume , dans cette cabane...
Le point de vue en est délicieux, je veux le fixer
un instant , interrompit-elle... et elle détourne ses
regards du pauvre qui l'implorait... Cette petite
pièce-ci... Ah !celle-ci! seule elle fructifiera dans mes
mains... Je la tiens d'un malheureux comme moi...
partageons, me dit-il, c'est tout ce qui me reste...
A ces mots , je l'embrasse... et ne trouvant point
de termes pour exprimer ma reconnaissance ,
je lève mes mains au ciel... je lui présente
cette offrande , bien sûr que tôt ou tard il en recevra la récompense... (*après un moment de silence*)
Mais à quoi ces légers secours peuvent-ils me servir? Hélas ! il n'y a pas même de quoi acheter un lin-
ceul pour envelopper le corps de ma mère...Ciel!...
j'apperçois d'ici la tour d'un château où règne
le faste et l'opulence... son sommet semble braver
la chétive cabane... Passant ! ne vous y trompez
pas ! cette cabane est un temple aux yeux de
l'Éternel. La vertu y a trouvé un asile. (*Il se promène en rêvant*) Si le hasard pouvait amener ici
quelque enrôleur... pour cinq écus... cinq écus...
quel trésor !.. Et dans ce même instant un sordide
intérêt, l'aveugle passion du jeu risque peut-être
le double, le triple de cette somme sur une seule
carte. (*Il s'assied et s'essuie le visage*) Ah mon
père ! mon père... chaque goutte de sueur que

j'essuie de mon front , s'élève en témoignage contre vous... Le malheureux que vous réduisez au
désespoir demande vengeance... tremblez... (*on*
entend le son du cor... Frédéric se lève précipi-
tamment) Mais qu'entends-je ?... le son du cor...
j'apperçois des chiens , des chasseurs... quelque
seigneur des environs apparemment... allons ,
implorons la pitié encore une fois... C'est pour
ma mère... Dieu ! fais-moi trouver des cœurs
compatissans !

S C E N E I I.

LE BARON *accourant paraît poursuivre un cerf.*
LE COMTE *arrive après lui , tout essouflé. Suite*
de chasseurs.

Le Baron.

Alerte... Alerte... par ici, M. le comte , par ici...
dépêchez... dépêchez donc... Tayaut... Tayaut...
ah ! les chiens ont perdu sa trace... il m'échappe.

Le Comte *hors d'haleine.*

Tant mieux , mon colonel, tant mieux... nous
pourrons nous reposer un moment... et reprendre
haleine. Ouf ! je n'en peux plus !...

Le Baron *suit des yeux sa meute.*

Frédéric *aborde humblement le comte.*

Généreux seigneur ! la charité... je vous en
supplie...

Le Comte.

Vous êtes diablement impertinent, mon ami.
(*le mesurant des yeux*) Ce drôle a tout l'air de ces

coquins prêts à faire le coup de poing avec le premier venu.

FRÉDÉRIC *avec un dépit concentré.*

Si votre grandeur voulait m'en permettre l'essai. . .

LE COMTE.

En vérité la police devrait un peu mieux surveiller cette canaille... ces gueux... ces faquins qui ne font que troubler la sûreté publique, et inquiéter les gens comme il faut.

FRÉDÉRIC *outré de colère.*

La police devrait s'occuper de soins plus importans encore, celui... (*au baron qui s'est approché*) Mon bon seigneur... la charité... je vous en conjure... un malheureux fils vous implore pour sa mère.

LE BARON *lui donnant quelque chose.*

Il vaudrait mieux, mon ami, dans ce cas... travailler pour votre mère que mendier.

FREDERIC *vivement.*

Oh! oui, monsieur, oui... mais le besoin est pressant... dans ce moment peut-être, succombant sous les horreurs de la faim et de la misère elle rend le dernier soupir. . . Ah! pardon, mille fois pardon ; mais. . . ce que votre grandeur vient de me donner n'est pas suffisant... ce n'est point assez. . .

LE BARON *souriant.*

Pas assez. . . voilà la première fois qu'on a mis mes charités à la taxe...

FRÉDÉRIC.

Non, mon bon seigneur ! cela ne suffit point,
Pour l'amour du ciel, si vous avez un cœur..
s'il fut jamais ouvert à la pitié... quelque peu de
chose encose... Un seul petit écu... et vous sauvez
la vie à deux malheureux.

LE BARON.

Vous perdez le sens, mon ami... Allons, M.
le comte, par ici... (*Il veut s'en aller.*)

LE COMTE.

Allons, mon colonel, allons.

FRÉDÉRIC *l'arrêtant et se jetant à ses pieds.*

Au nom de Dieu, qui me voit et m'entend : mon
bon seigneur, ne me refusez point ! sauvez-moi du
désespoir ! un seul petit écu ! ..., ah ! vous n'aurez
jamais acheté moins cher la vie de deux infortunés.

(*Le baron et le comte s'éloignent ; Frédéric, furieux,
tire son sabre et se jete sur le baron. Le comte
s'enfuit.*)

Tigre ! la bourse, ou la vie...

LE BARON.

Hola ! à moi ! à moi... Malheureux !

(*Plusieurs chasseurs arrivent, saisissent Frédéric et
le désarment.*)

FRÉDÉRIC.

Dieu ! Qu'ai-je fait !

LE BARON *aux chasseurs.*

Emmenez-le, enfermez-le dans la tour ; dans
un moment je suis à vous.

(Frédéric se débarrasse des mains des chasseurs, et
se jete aux pieds du baron. Les chasseurs veulent
l'en empêcher; le baron leur fait signe de le laisser
faire.)

FREDERIC.

Ah! j'ai mérité la mort... je la désire... je la
demande : mais sauvez, sauvez ma mère! secourez-la, s'il en est temps encore. Là-bas, dans ce
village, vous la trouverez peut-être agonisante...
Pour elle j'ai bravé la honte, je brave encore la
mort : mais qu'elle vive, et je mourrai content.
Ah! vous ne savez pas de quel prix cette action
sera pour vous aux yeux de l'Éternel.

LE BARON.

Qu'on l'emmène! gardez-vous surtout de lui faire
aucun mal dans la tour, entendez-vous!

FRÉDÉRIC *entre les mains des chasseurs qui l'emmènent.*

Ah! mon père! mon père! que ne pouvez-vous
me voir dans ce moment, oui, dans ce moment
cruel, environné d'horreur... où tout secours humain m'abandonne... où Dieu seul me reste : votre
fils, que vous seul avez rendu coupable, est encore
cent fois, oui cent fois moins malheureux que
vous : marchons...

(Les chasseurs l'emmènent. Le baron rappèle un
d'entr'eux)

Écoutez : allez vous-en à ce village ; cherchez
soigneusement si dans quelque maison vous ne
trouverez pas une femme malade et dans le besoin ; s'il en est ainsi, portez-lui cette bourse :
allez... (*le chasseur sort*) Cette aventure a quelque

chose d'extraordinaire... elle a porté dans mon
âme un sentiment que je ne puis définir : ce n'est
point la peur , ce jeune homme ne m'en inspirait
point : son regard , ses discours, la façon même
dont il m'a attaqué, l'émotion dont je l'ai vu saisi..
Non, tout cela n'est point d'un homme accoutumé
au mal... je ne sais; mais il y a dans tout ceci
quelque chose que je veux tâcher d'approfondir.

(*Il rentre. La toile tombe.*)

SCENE III.

*Le Théâtre change , et représente le salon
du château , comme au second acte.*

AMÉLIE *entre en rêvant.*

D'où vient que je suis inquiète ? Je vais , je viens,
et je ne sais ce que je veux : je me trouve... dans
ce salon , sans savoir comment j'y suis... Il me
semble que mon intention était de descendre au
jardin... mais oui, il y a long-temps que je n'ai été
voir mes fleurs : voyons si ce petit arbrisseau , que
nous avons planté ensemble a poussé des branches;
il aura cru , il doit être charmant ;... (*elle va pour
sortir, et s'arrête*) mais si pendant ce temps-là , il
venait me chercher... qui ? mais quelqu'un , mon
père, par exemple ;... il ne me trouverait point ;
il faudrait m'appeler , me chercher; non... il vaut
mieux que je reste ici, au risque de m'ennuyer un
peu. (*elle s'assied et prend son ouvrage*) Cela n'est
pas bien agréable de rester ici seule : paix !... il
me semble entendre quelqu'un... on ouvre la porte...

non , ce n'est que le vent, je crois : mais , est-ce
que j'aurais peur du vent, donc? Il m'a pris un
battement de cœur... le feu m'a tout - à - coup
monté au visage , comme si j'eusse eu de l'émotion... je me sens prête à pleurer, et effectivement
Je pleure... mais, qu'est-ce donc que cet état-là ?...

SCENE IV.

AMÉLIE , M. ERMAN.

AMÉLIE *se lève et court au-devant de lui.*

Ah ! mon ami ! (*se reprenant*) mon pasteur ,
veux-je dire... pardonnez ! vous savez que dans mon
enfance je ne vous nommai jamais autrement.

ERMAN *avec sentiment.*

Ah! ne perdez jamais cette douce habitude. . .
Mais que vois-je? (*en la regardant fixement*)... me
trompai-je? . . . il me semble appercevoir. . . vous
venez de pleurer ?

AMÉLIE.

Ah! non ce n'est rien... un peu d'ennui, un peu
d'humeur peut-être... je ne sais... mais voilà qui
est fini, je n'y pense plus.

ERMAN.

Pourrait-on , sans indiscrétion, vous demander
ce qui a occasionné ce petit nuage ?... La perte de
quelque objet chéri peut-être... le souvenir d'une
mère...

AMÉLIE.

Je pourrai dire oui , pour me débarrasser de
questions qui commencent à me devenir impor-

tunes, parce que je ne sais qu'y répondre...
mais je suis trop franche... ce n'était point cela...

ERMAN.

C'est donc quelques petits chagrins secrets...
dont nous n'approfondirons pas la cause : un
jeune cœur est rarement exempt d'inquiétude...
je comprends combien, dans un pareil moment,
ma présence doit vous être importune ; j'en suis
fâché ; mais...

AMÉLIE *l'interrompant.*

Importune !... ah ! jamais... vous ne savez pas
combien je vous ai désiré !

ERMAN *vivement.*

Désiré !... Amélie !... est-il bien vrai ?

AMÉLIE.

Oh oui ! celui qui a pris soin de ma jeunesse,
qui me forma le cœur et l'esprit, ne doit-il pas
m'être aussi cher, que celui qui m'a donné la vie ?...
Je vous dois autant qu'à mon père... et je vous
aime autant que lui.

ERMAN.

Vous m'aimez ! vous !... Amélie... (*se reprenant*)
Mademoiselle), je suis chargé de la part de M.
votre père... je viens... il m'a prié... Dieux je ne
sais où j'en suis !

AMÉLIE

Et bien ?

ERMAN.

Voulons-nous nous asseoir.

AMÉLIE.

Volontiers. (*Ils s'asseyent.*)

ERMAN.

Vous... avez vu... le jeune comte de Muller...; il est au château depuis hier ; vous n'ignorez pas ses vues ; il vient ici dans l'intention...

AMÉLIE *l'interrompant en riant.*

Oui, de m'épouser ?

ERMAN.

Il est vrai : mais, mademoiselle, M. votre père... soyez-en bien sûre, ne cherche pas à vous con-traindre ; vous êtes libre.... parfaitement libre de faire un choix : seulement il désirerait savoir votre façon de penser...

AMÉLIE

A l'égard du comte ?

ERMAN.

A l'égard du comte, ou à l'égard de qui que ce soit... vos idées en général sur l'état du ma-riage.

AMÉLIE.

Mes idées ! je n'en ai aucune... On ne peut en avoir d'une chose que l'on ne connaît point du tout.

ERMAN.

Et c'est précisément la raison pourquoi M. votre père a désiré que j'eusse un entretien avec vous, afin de vous donner quelques notions, au sujet d'un état qu'il veut vous voir embrasser un jour, et qui a son bon et son mauvais côté.

AMÉLIE

Voyons donc le bon : le mauvais viendra tou-jours assez tôt.

ERMAN.

Le mauvais! ah! mademoiselle!... quand deux
cœurs s'entendent; quand ils ont appris à parler
le même langage, il n'y a pas de mauvais côté;
la route que ces êtres, les seuls fortunés qu'il y
ait sur la terre, parcourent ensemble, est par-
semée de fleurs; si sur leur chemin ils rencon-
trent par-ci par-là quelque ronce ou quelque
épine, c'est à l'envi l'un de l'autre qu'ils s'em-
pressent de l'arracher : s'ils trouvent sur leur
passage quelque route difficile à traverser, c'est
le fort qui soutient le faible, et lui prête la main;
les peines inséparables de la vie humaine, leur
semblent légères, les supportant ensemble; et
si malheureusement il en est un, sur qui le fardeau paraisse s'appesantir plus que sur l'autre,
celui-ci lui en allège le poids par ses soins, et
son support; plaisirs, chagrins, tout est commun entr'eux; et heureux l'un par l'autre, ils le
sont bien plus que s'ils l'étaient de leur propre
bonheur seulement; leurs jours s'écoulent ensemble comme un beau jour d'été; et quand au
soir de leur vie la mort enfin les atteint et les
sépare, oh! alors... mais alors seulement! il y en
a un de malheureux; et il l'est jusqu'au moment
où, réuni à cette autre moitié de lui-même, qu'il
s'est vu forcé de quitter, couché dans le même
tombeau, il va s'y reposer aussi à son tour.

AMÉLIE.

Je veux me marier.

ERMAN.

Ce tableau vous plaît donc?

AMELIE.

On ne peut davantage.

ERMAN.

Vous avez raison : il est ravissant ; mais opposons-y celui de deux êtres que le seul motif des circonstances, des vues d'intérêt, d'ambition, ont unis au lieu du sentiment : oh! alors le tableau n'offre plus de côté riant : les peines que deux cœurs bien unis trouvent légères à supporter, deviennent des chaînes pesantes, que chacun traîne après soi : en public, en particulier, on porte sur son front l'empreinte de leur fardeau : une imagination enchanteresse bien loin de nous séduire par le tableau des plaisirs qu'elle nous présente, ajoute au contraire à nos maux, en nous traçant un bonheur, que nous appercevons de loin, sans pouvoir le saisir : tout est peine, tout est chagrin : la moindre contradiction nous devient insupportable : devenus malheureux, on s'accuse mutuellement de son malheur : insensiblement l'humeur s'aigrit, les propos sont de fiel, la vie n'est plus qu'une route obsure, un chemin plein d'entraves, où l'on se traîne au lieu de marcher ; et quand enfin la mort que ces infortunés demandent à grands cris, qu'ils désirent, qu'ils espèrent, comme le seul terme à leurs maux, arrive et les sépare ; oh! alors, mais alors seulement, le bonheur luit pour celui qui reprend sa liberté.

AMÉLIE.

Je ne veux plus me marier.

ERMAN.

C'est-à-dire , je ne veux point aimer !

AMÉLIE.

Pourquoi donc , cela est-il synonyme ? Je ne m'en doutais pas , et je crois que vraiment vous vous trompez ; car j'aime , et vous venez de me l'apprendre.

ERMAN *avec émotion.*

Ainsi donc... l'heureux comte de Muller?...

AMÉLIE *l'interrompant.*

Lui? le croyez-vous bien propre à figurer avec quelque avantage dans le premier tableau? Et vous, mon ami, qui prîtes soin de me former le cœur et l'esprit, auriez-vous négligé de me former aussi le goût? L'un et l'autre ont décidé mon choix en faveur d'un objet...

ERMAN.

Et cet objet ?

AMÉLIE.

Cet objet ... c'est vous.

ERMAN.

Moi ! Dieu !... Amélie !

AMÉLIE.

Vous-même , mon ami ; en seriez-vous fâché ? Vous qui peignez si bien le sentiment : moi qui ai su si bien vous entendre , ne pensez-vous pas, que nos cœurs soyent faits pour parler le même lan- gage ? Ne les croyez-vous pas même déjà d'accord ,

18

sans qu'ils se soyent expliqués ? Ou bien n'y aurait - il que le mien qui aurait parlé ? vous ne
m'aimeriez donc point ?

ERMAN.

Je ne vous aime point ! Dieu ! Amélie ! si choisir, désirer seulement, était en mon pouvoir ;
s'il m'était permis de former des vœux, quelle
autre que vous... mais, mademoiselle, jamais je
n'oublierai... jamais je ne perdrai de vue, j'espère,
que ce n'est qu'à titre d'ami et de directeur, que
j'ai le droit de vous intéresser... Vous, fille du
baron de Wildenheim, et moi ! qui suis-je ? qu'ai-
je à vous offrir ? l'hommage d'un cœur...

AMÉLIE.

Et c'est lui seul que je veux, qui me tiendra
lieu de rang, de fortune, de tous ces frivoles
avantages, que vous m'avez si bien appris à appré-
cier à leur juste valeur. Je les méprise : mon choix
seul m'ennoblira.

ERMAN.

Non, ce choix n'est pas en votre pouvoir : destinée à briller dans un monde que vous ne connaissez pas encore, vous vous repentiriez bientôt
de vous y être arrêtée. Réfléchissez un moment,
belle Amélie, et voyez quelle foule de considérations élèvent une barrière entre vous et moi : d'a-
bord la censure, que dis-je ! le mépris de votre
famille entière ; de ceux même qui se disent aujourd'hui vos amis : vous les verriez s'éloigner insensiblement ; se détourner de votre chemin, pour

ne pas vous rencontrer ; vous négliger peu-à-peu ;
et enfin vous abandonner tout-à-fait ; ou si par
hasard, ils daignaient encore, de temps en temps,
se souvenir de vous, ce ne serait que pour vous
accabler de leurs malins propos, et de leurs rail-
leries insultantes : ils iront plus loin encore ; . .
leurs enfans. . . ils leur défendront de communiquer avec les vôtres, si vous venez à en avoir ; et
tandis que vous riez. . .

A M É L I E.

Oui, je ris de voir, combien vous vous donnez
de peine pour me faire goûter des raisons, dont
vous sentez vous - même, je m'assure, toute la
puérilité.

E R M A N.

Mais enfin ? . . .

A M É L I E.

Mais enfin, mon ami ! si vous voulez me persuader, commencez donc par détruire votre ouvrage : changez donc ce cœur, que vous seul avez
rendu sensible : changez donc mon esprit, que
vous avez si bien instruit. Effacez-en l'impression
que vos vertus y ont gravée si profondément : si
vous vouliez m'empêcher d'aimer, fallait - il me
forcer à l'estime ? Mais je vois ce que c'est : vous
craignez de n'être pas si heureux avec moi, que
je suis sûre de l'être avec vous ; et encore vous
vous trompez ; ne pensant, n'agissant que d'après
les excellens principes que j'ai reçus de vous,
croyez-vous que je ne puisse faire votre bonheur ?

oui, vous serez heureux... très-heureux... fiez
vous-en à mon cœur.

ERMAN.

Et vous percez le mien par cette touchante assurance, trop aimable Amélie! Ah! laissez-moi à
ma raison ; laissez-moi jouir en paix des douceurs
attachées à la vertu : voudriez-vous que ce mortel,
que vous n'avez pas trouvé indigne d'élever jusqu'à
vous, devint un objet vil et méprisable, indigne
de ces mêmes sentimens, dont vous voulez bien
l'honorer; indigne des bontés d'un père ?

AMÉLIE *l'interrompant.*

Je parlerai à mon père.

ERMAN.

Oh ! non... non... jamais... Moi qui lui dois
tant! Chaque instant de ma vie est marqué par ses
bienfaits ; et j'irais, foulant aux pieds tout sentiment d'honneur et de reconnaissance, porter la
douleur dans son âme! je m'approprierais son trésor le plus précieux, son bien le plus cher, sa
fille!... ah ! si jamais...

AMELIE.

Mais mon père ne veut que mon bonheur : il
me l'a dit cent fois : il me l'a dit encore ce matin ; eh bien! moi, je lui dirai, que je ne puis être
heureuse qu'avec vous : d'abord il prendra son air
sérieux et réfléchi, puis il dira... Il m'embrassera
et il accordera ; car voilà comme il fait. Ah! vous
ne connaissez pas comme moi toute sa bonté ;
oui, lui - même , je suis sûre , lui-même nous

unira : venez, mon ami, venez avec moi ; allons
le trouver ensemble, mais quelqu'un entre ici je
crois, ah ! c'est le vieux Chrisalde ! Qu'il vient
mal-à-propos dans ce moment !

SCENE V.

Les précédens, CHRISALDE.

AMÉLIE *à Chrisalde avec humeur.*

Comment, c'est vous !

CHRISALDE.

Eh ! vraiment oui c'est moi ! Est-ce que je ne
suis pas toujours des premiers ! Est-ce que je ne
retrouve pas mes jambes de vingt ans, quand il est
question d'apporter quelques bonnes nouvelles !

AMELIE.

Quelle nouvelle ?

ERMAN.

Nous aurait-il entendu !

CHRISALDE.

Quelle nouvelle ? quelle nouvelle ? Ah ! jeunesse !
jeunesse ! cela ne pense à rien, n'a souci de rien,
ne s'informe de rien. Qu'il est heureux pour le
genre humain, qu'il y ait encore de bons vieux
serviteurs comme moi, qui s'occupent du soin de
recueillir les principaux événemens qui survien-
nent dans les familles, et prennent la peine de
les publier ! Dieu merci, je n'ai rien à me repro-
cher de ce côté-là : mon porte-feuille en est témoin : il regorge de tous les morceaux de poésie,
tant grands que petits, que j'ai composés pour cette

maison , depuis cinquante ans et plus : bonheur ,
malheur , plaisir , chagrin , j'ai tout chanté. Je
célébrai il y a... il y a... oh ! les années n'y font
rien : je célébrai, dis-je , par une belle épithalame ,
le mariage de madame la baronne de Wildenheim ,
votre respectable maman : l'heureuse époque du
jour de votre naissance , ma belle demoiselle : la
première fois que je vous tins dans mes bras : toutes les fois que de vos belles petites mains blan-
ches vous m'appliquiez quelques bons soufflets :
toutes les fois que sur les genoux de M. le baron
votre cher papa. ..

AMÉLIE.

Mais , mon bon Chrisalde , que venez-vous donc
nous annoncer ?

CHRISÁLDE.

Doucement, doucement... Est-ce qu'on fait jamais
un récit sans être préparé ? Est-ce qu'il ne faut
pas que la voix de l'éloquence assaisonne le discours , et y donne cette grâce , cette tournure ,
qui seuls en font souvent le mérite ? Depuis qua-
rante-sept ans , trois semaines et cinq jours que
j'ai l'honneur d'habiter dans la maison de M. le
baron , j'ai toujours tâché de m'acquitter avec
honneur et fidélité de l'emploi de poète confié à
mes soins : durant ce petit espace de temps , trois
cent quatre-vingt-dix-sept , tant vœux, que sou-
haits , madrigaux , ou chansons , sont éclos de
mon cerveau , et ont coulé de ma plume : aujourd'hui , jour à jamais mémorable ! on verra

éclore le 398ᵉ ; et qui sait ! si dans peu le 399ᵉ ne
me fournira pas quelque nouveau sujet ; et puis
un an après ha... ha... ha... le 400ᵉ...

AMÉLIE.

Mais dans ce moment-ci , je ne vois point d'événement à célébrer.

CHRISALDE.

Point ? non... aucun... M. votre père n'a pas
été sauvé d'un grand danger apparemment ?

AMÉLIE

Mon père ! O ciel ! parlez : expliquez-vous !

ERMAN.

M. le baron ?

CHRISALDE.

Lui-même , en personne... attendez... attendez. (*il fouille dans sa poche*) J'avais arrangé un
petit morceau de poésie à ce sujet ; oui, cela
n'allait pas mal... pas mal en vérité ; je me trou-
vais en verve ; mais je ne me suis pas donné le
temps d'achever ; craignant que quelque indiscret
ne me prévint et ne vous contât la chose de façon à vous allarmer ; voici donc en peu de mots ce
que c'est.

Apprenez, race future,
La plus fâcheuse aventure...

AMÉLIE.

Et ! tâchez de parler en prose !

CHRISALDE.

Fort bien : cela m'est égal : vous saurez donc
que mon bon maître... votre cher papa , est allé

ce matin à la chasse, accompagné de M. le comte de
Muller, qui bientôt peut-être, suffit... je m'entends ;
Chrisalde n'est pas sot : il y voit clair encore sans
lunettes, et je parierais bien que dans peu...

AMÉLIE.

Au nom de Dieu, finissez! vous me faites mourir d'impatience.

CHRISALDE.

Et bien donc, comme je disais, notre bon maître a été ce matin à la chasse : il a couru un lièvre
que j'ai eu, moi qui vous parle, l'honneur de rencontrer, et lui d'attraper un second lièvre, qui
qui avait voulu voir ce qu'était devenu son ca-
marade, et voilà les chiens après lui. Tudieu !
comme ils couraient ; et Spadille votre favori...
c'était lui qu'il fallait voir : votre père, qui n'a
que deux jambes, au lieu du chien qui en a
quatre, est venu long-temps, long-temps après lui;
et au lieu du lièvre qui court encore, il n'a trouvé
qu'un homme, qui fort honnêtement en apparence, mais fort malhonnêtement en effet, lui
a demandé la charité : tout de suite M. le baron,
qui est généreux comme un prince, a tiré de l'argent de sa poche, mais le malheureux, par manière de reconnaissance, a tiré son sabre, s'est
jeté sur lui ; et sans les chasseurs qui ont accouru,
moi, pauvre vieillard, qui n'ai jamais célébré que
des événemens heureux, je me serais vu dans la
nécessité de composer sur le déclin de mes ans,
quelque élégie ou touchante épitaphe sur son
tombeau.

AMÉLIE.

Grand Dieu ! mon père. . .

ERMAN.

Quelque braconnier apparemment. . . mais en plein jour cela m'étonne ! Ne l'a-t-on pas arrêté ?

CHRISALDE.

Vraiment sans doute : à l'instant l'ordre émané de la bouche de M. le baron, a prononcé qu'il fût enfermé dans la vieille tour du château : tenez, regardez. . . n'est-ce pas lui qu'on amène ? oui. . . oui... le voilà. . . le voila ; battez tambours ! son-nez trompettes !

Par des accens mélodieux
- Célébrons ce moment prospère !
Qui nous rend en ce jour heureux,
A moi mon maître, à vous, un père. (*Il sort.*)

SCENE VI.
AMÉLIE , ERMAN.

AMÉLIE.

Il faut que ce soit un objet bien effrayant qu'un braconnier ! Je n'ai presque pas le courage de re-garder de ce côté : tenez ! le voilà qui approche ; mon Dieu ! qu'il a l'air doux ! j'avais bien tort d'avoir peur. Oh ! comme il paraît accablé ! il me fait une peiné !.. je me sens prête à pleurer : non, il n'est pas possible que ce soit un méchant homme ; il n'en a pas la figure : voyez, voyez ! comme ces vilains chasseurs le poussent dans la tour : ils vont le tuer : ... voilà qu'ils referment la porte sur lui ; que va-t-il devenir , seul, dans l'obscurité?

SCÈNE VII.

Les précédens, LE BARON.

AMÉLIE *courant au-devant de son père, et se jettant dans ses bras.*

Mon père !

LE BARON.

Doucement, mon enfant, doucement ; le bon Chrisalde que j'ai rencontré en venant ici, vient de m'assassiner tout de bon, par une cinquantaine de vers alexandrins, qu'il m'a fallu écouter d'un bout à l'autre, bon gré, malgré.

ERMAN.

Il vient de nous raconter, très-confusément, l'accident qui vous est arrivé à la chasse ; est-il vrai ?

AMÉLIE

Serait-il possible, mon papa ! que ce jeune homme que l'on vient d'amener, qui a l'air si doux, si intéressant, ne fût qu'un misérable voleur de grand-chemin ?

LE BARON.

Il l'est en effet ; mais s'il ne fait pas le métier pour la dernière fois, je parierais bien que c'est la première : (*à M. Erman.*) Mon ami, cette aventure n'est nullement une aventure ordinaire ; ce jeune homme (ou je me trompe fort) n'est point de la classe commune des voleurs : il mendiait, disait-il, pour sa mère : sans trop faire attention à ce qu'il me disait ; occupé à poursuivre un maheureux lièvre qui m'échappait, je lui ai donné une bagatelle pour me débarrasser de lui : il a insisté pour que je lui donnasse davantage : je l'aurais pu, je l'aurais dû, je l'aurais dû sans doute ; un seul petit écu qu'il me demandait à genoux, lui eût sauvé un crime : je ne sais comment mon cœur s'est trouvé fermé à la pitié ; j'ai persisté dans mon refus : tout d'un coup il s'est jeté sur moi, j'ai appelé ; les chasseurs sont accourus, et l'ont arrêté...

AMÉLIE.

Oh ! ils l'ont traité bien rudement.

LE BARON.

J'en suis fâché. Je leur avais bien recommandé le contraire. Ce jeune homme m'inspire un intérêt qui m'étonne : c'est certainement l'effet d'une impression subite, que j'ai éprouvée dans le moment qu'il m'a attaqué. Ce n'était point la peur ; je ne me suis point senti effrayé du tout : lui-même était bien plus ému que je ne l'étais : j'ai senti sa main trembler sous le sabre qu'il tenait sur moi ; alors seulement mes yeux se sont tournés vers lui ; j'ai rencontré les siens ; et son regard qui n'était point farouche, dans lequel on ne distinguait qu'un mélange confus de douleur et de désespoir, son regard a pénétré jusqu'au fond de mon cœur... et lorsqu'on est venu le saisir jusques dans mes bras, que je lui tendais involontairement, comme pour le sauver ; dans ce moment je lui ai entendu prononcer le nom de

son père; alors un trouble involontaire, dont je
ne puis me rendre raison , m'a saisi ; je l'ai laissé
aller , et suis resté jusqu'à ce moment, sans pouvoir démêler ce que c'est , que ce mouvement si
extraordinaire. Venez, mon ami ,... venez m'aider à rappeler mes esprits : cherchons surtout
les moyens de sauver un malheureux , que mon
insensibilité seule a rendu coupable.

AMÉLIE *retenant le baron qui veut sortir.*

Mon papa ! j'ai beaucoup... mais beaucoup
causé avec M. Erman.

LE BARON.

Fort bien : je devine de quoi il était question :
de mariage apparemment ?

AMÉLIE.

Effectivement... mais nous ne sommes pas
d'accord... n'est-il pas vrai ?

ERMAN *embarrassé.*

M. le baron , passons dans votre cabinet. Je....

AMÉLIE *retenant toujours son père.*

Il ne veut pas me croire , il dit...

ERMAN.

J'ai pris la liberté de dire à mademoiselle Amélie
tout.....

AMÉLIE.

Pour la première fois de sa vie , il n'a pu me
convaincre : il parle de raison... quand je lui parle
de mon cœur : il veut...

ERMAN *toujours plus embarrassé.*

De grâce, M. le baron... dans votre cabinet....

A M É L I E.

Tenez, mon papa... il faut que je vous l'avoue franchement : je ne suis point contente de lui du tout, et j'ai dit que je vous porterais mes plaintes : imaginez...

E'R M A N.

Mademoiselle ! songez... allons, M. le baron, entrons.

L E B A R O N.

Mais ! qu'est-ce donc que ceci ! Vous parlez tous les deux à-la-fois, depuis un heure, sans rien dire : expliquez-vous l'un après l'autre.

A M É L I E

N'est-il pas vrai, mon cher papa, que vous ne voulez que le bonheur de votre Amélie ? Eh bien ! je puis être heureuse : lui seul ne le veut pas.

E R M A N.

M. le baron, vous êtes occupé dans le moment de soins plus importans : il n'y a pas un instant à perdre ; entrons chez vous, je vous en prie.

A M É L I E *d'un ton piqué.*

De soins plus importans ! en vérité, monsieur... mon papa accordez-moi un moment je vous prie ? j'ai à vous parler d'affaires très-sérieuses.

L E B A R O N *en riant.*

Sérieuses... oh je m'en doute ! à quinze ans, comment ne serait-on pas occupé d'affaires sérieuses ! A la vérité, je me rappelle qu'il y a long-temps que nous n'avons fait la revue de la toilette : il y manque quelque chiffon essentiel

certainement ; mais tranquillises - toi , mon én-
fant , tout sera réparé. (*Il l'embrasse et sort avec
M. Erman.*)

SCÈNE VIII.

AMÉLIE *seule les regardant aller.*

La toilette. . . des chiffons. . . oui , c'est bien
là ce qui m'occupe : mon père me traite un peu
en enfant ; je sens bien cependant, (*en soupirant
et montrant son cœur*) que ceci ne l'est pas !
Pourquoi bat-il si fort dans ce moment ?... pourquoi ? Ah ! est - il besoin de l'interroger ? et celui
qui m'apprit à le connaître , ne m'apprit-il pas
aussi à aimer ? (*elle s'assied et rêve*) Je ne sais
pourquoi il est venu me parler en faveur du comte;
il ne devrait jamais me parler que de lui, ou de
mon père : tout autre sujet m'ennuie et me donne
de l'humeur. Est-ce que je n'en aurais pas un peu
dans ce moment ? je le crois ; mais aussi pourquoi
me laisser seule ? cela n'est pas bien honnête au
moins. . . Ah ! ce pauvre prisonnier, enfermé là-
bas dans cette tour est bien seul aussi : que je le
plains ! je suis toute triste quand je pense à lui ;
qui sait si on ne l'a pas oublié ? (*appellant*) Chrisalde. . . Chrisalde. . . Pourvu qu'on ait pensé à
lui apporter à manger... le malheureux ! il a
risqué sa vie pour sa mère : oh ! ce n'est point
un méchant homme , certainement. . .

SCÈNE IX.
CHRISALDE, AMÉLIE.

AMÉLIE.

Chrisalde, mon ami, avez-vous eu bien soin
du prisonnier ? lui avez-vous apporté à boire, et
à manger ?

CHRISALDE.

Oui, ma belle maîtresse.

AMÉLIE.

Et que lui avez-vous apporté ?

CHRISALDE.

Un bon morceau de pain noir, et une cruche
d'eau.

AMÉLIE.

Fi donc... je crois que vous avez de la dureté
dans le cœur ; cela est bien vilain... allez...
courez à l'office, faites vous donner un morceau
de rôti, une bonne bouteille de vin, et portez-lui
cela tout de suite.

CHRISALDE.

Pardon, mon aimable maîtresse ; mais les vo-
lontés de mon respectable maître se trouvent,
dans ce moment, en contradiction avec les désirs de votre bon cœur, et le mien doit être
dur.

AMÉLIE.

Mais, mon père ne veut pas qu'on soit inhu-
main ; il vous a donné ses ordres dans un premier mouvement de colère ou de vivacité ; et il
serait fâché....

CHRISALDE.

Ce que M. le baron m'ordonne dans sa colère, je dois l'exécuter de sang-froid.

AMÉLIE.

Allez, vous n'êtes pas raisonnable : peu s'en faut, que je ne vous croie méchant : ne pas compâtir au sort des malheureux ! Allons... donnez la clef.

CHRISALDE.

Impossible... Mon devoir...

AMÉLIE *lui arrachant la clef des mains.*

Donnez ! je vous l'ordonne. (*Elle sort.*)

CHRISALDE.

Fort bien... à merveilles, en vérité : mais, je proteste contre la violence et je vais, sans tarder, composer un mémoire, en vers,... en prose... en vers... en vers... un mémoire, dis-je, justificatif, qui sera soumis, dès le soir, au jugement de M. le baron mon maître. Ah ! qu'on a de peine dans le monde, à remplir avec quelque exactitude ses petits devoirs ! Qu'il est bien vrai de dire, que...

Les caprices de la jeunesse
Font le tourment de la vieillesse !

FIN DU TROISIÈME ACTE.

ACTE IV.

SCENE PREMIÈRE.

Le Théâtre représente l'intérieur de la tour du château.

FRÉDÉRIC *seul, assis près d'une table , sa tête appuyée sur sa main , dans le plus grand accablement.*

Que le premier sentiment du crime pénètre douloureusement dans un cœur accoutumé à la vertu ! Qu'il est accablant , et que les peines du malheureux qui souffre innocemment sont douces, en comparaison de celles du coupable ! Ce matin , ce matin encore , le soleil s'est levé sur moi ; et j'étais digne de lever les yeux sur lui : mon âme se réjouissait à sa brillante lumière : j'étais innocent, mon cœur était pur , exempt de reproche... et maintenant... O Dieu ! que le pas qui conduit de la vertu au crime est aisé à franchir ! Que la route en est glissante ! que la pente en est insensible ! Ce matin, la joie et le sentiment du bonheur inondaient mon âme... Je pars ; l'idée de ma mère, le désir de la revoir, semblait me donner des ailes ; mes pas se précipitaient ; mes pieds ne touchaient point la terre : d'avance je

20

jouissais de sa surprise, de sa joie; je sentais ses bras me serrer contre son sein, son cœur battre contre le mien, nos larmes se confondre : fantôme de bonheur, disparaissez! Un moment d'oubli a tout détruit; deux malheureuses heures ont suffi pour changer ma destinée, et la plus douce des illusions a fait place à la plus effrayante réalité. J'arrive dans ma patrie, cette patrie désirée. Le premier objet qui frappe mes regards ma mère mourante, ma demeure une étroite prison, et mes premiers pas, au sortir d'ici, me conduisent à l'échafaud... un échafaud, grand Dieu! Ai-je donc mérité mon sort? Ah! n'offensons pas sa justice par d'indignes murmures : souffrons, et souffrons en silence... Mais! qui vient à moi dans ce triste lieu?

SCENE II.

FRÉDÉRIC, AMÉLIE.

AMÉLIE *apportant à manger sur une assiette, et une bouteille de vin.*

C'est moi, ne craignez rien, je viens vous apporter un peu de nourriture : vous n'avez peut-être ni bu, ni mangé?

FRÉDÉRIC.

Ah! je n'ai ni faim, ni soif.

AMÉLIE.

Tenez, tenez, prenez quelque chose, cela vous remettra le cœur.

FRÉDÉRIC *se levant précipitamment.*

Ah! mademoiselle, qui que vous soyez, c'est le

ciel qui vous envoye, par pitié! Au nom de ce
même ciel, qui a mis dans votre âme ce sentiment d'humanité, envoyez quelqu'un porter cela
au village prochain. Tout à l'entrée est une chaumière. C'est là qu'on trouvera une femme mourante. C'est ma mère, hélas! S'il en est temps
encore, sauvez-lui la vie, et mes derniers momens seront consacrés à vous bénir.

AMÉLIE

Pauvre jeune homme!... Vous n'êtes pas un
malfaiteur, n'est-ce pas?

FRÉDÉRIC.

Ah! je suis un malheureux, un infortuné digne
de toute votre pitié.

AMÉLIE.

Eh bien! gardez ceci pour vous, et j'aurai soin
d'envoyer à votre mère et tout de suite. . . tout ce
dont elle aura besoin.

FRÉDÉRIC.

Ange consolateur, dites, qui êtes-vous? Ah!
Que votre nom soit béni à jamais dans ce ciel, où
dans quelques momens, peut-être, je serai appelé
à comparaître.

AMÉLIE.

Je me nomme Amélie, fille du baron de Wildenheim, seigneur de ce château.

FRÉDÉRIC.

Ciel!

AMÉLIE.

Qu'avez-vous?

FRÉDÉRIC *avec la plus grande émotion.*

Et celui... sur qui tantôt... ma main crimi-
nelle et tremblante...

AMÉLIE.

Était mon père.

FRÉDÉRIC *éperdu, se jetant sur la table.*

Mon père! grand Dieu!

AMÉLIE.

Oh! il me fait peur. Je m'enfuis... (*Elle sort*
précipitamment).

SCENE III.

FRÉDÉRIC *revenant peu-à-peu à lui.*

Mon père! Eternelle justice! c'est donc ainsi, que
d'une main invisible et toute puissante, tu conduis
et diriges les pensées et les actions des faibles
mortels! Celui sur lequel j'ai osé porter une main
téméraire, celui dont les jours allaient être la victime de ma fureur, de mon désespoir, était mon
père! un moment plus tard... et son fils... de-
venait son meurtrier. Oh! comme mon sang se
glace dans mes veines! Je sens mes cheveux se dres-
ser d'horreur sur ma tête; mes yeux sont comme
couverts d'un voile, tout est nuit autour de moi;
ma pensée erre d'objet en objet, et s'arrête enfin
en frémissant sur l'image de mon père, expirant
sous mes coups. O ma mère! ma mère! un instant
de plus, et vous eussiez été cruellement vengée.
(*après un moment de silence*) Mais! cette jeune personne, cette aimable enfant serait donc ma sœur?

Quel sentiment tout-à-fait étranger sa vue a excité
dans mon âme , et en a remué toute la sensibilité !
Ah ! n'était-ce qu'au moment de quitter la vie,
qu'il m'était réservé d'en connaître les douceurs !
Et ce jeune homme, que j'ai apperçu un instant,
qui m'a paru insolent et hautain.... il serait mon
frère , et jouirait de tous les droits , de tous les
privilèges d'un fils ; et moi ! né du même sang, je
périrais dans la honte et l'ignominie ! O sort ! ô
destinée ! (*il se remet à rêver.*)

SCENE IV.
FRÉDÉRIC, M. ERMAN.

ERMAN.

Mon ami , je viens remplir vis-à-vis de vous un
devoir attaché à ma charge , bien triste , mais
bien essentiel : je viens vous voir et vous consoler.

FRÉDÉRIC.

Ah! Monsieur , votre visite est pour moi un
présent du ciel. A votre habillement, je juge que
vous êtes un ecclésiastique.... c'est - à - dire, un
messager de Dieu , chargé de sa part de porter
dans l'âme des infortunés , des consolations pro-
pres à soulager leurs maux.

ERMAN.

C'est effectivement là mon emploi : nous sommes des ministres de paix : notre langage doit être
celui de la paix ; jamais celui du reproche : sûr ,
que le cœur du coupable est toujours dans ce
malheureux cas , son juge le plus éclairé.

FRÉDÉRIC.

Ainsi donc, Monsieur, dans la supposition que l'âme se trouvât calme et tranquille, la conscience exempte de reproche... vous admettriez le doute du crime?

ERMAN.

A moins que le cœur ne fût entièrement corrompu...

FRÉDÉRIC *vivement*.

Ah, monsieur ! vous me rendez la vie par cette assurance : vous faites luire sur mes derniers instans, peut-être, un rayon de bonheur : non, mon cœur ne fut jamais complice d'un forfait : il est simple, il est pur : une mère tendre y a fait germer la vertu, en a soigneusement écarté le vice ; et je ne changerais pas ce cœur contre celui du mortel le plus vertueux.

ERMAN.

Ne vous aveuglez pas cependant, mon ami : l'amour-propre est, dans la position où vous vous trouvez, un ennemi bien dangereux : c'est lui qui par ses artifices vous abuse et vous trompe peut-être, en vous fascinant les yeux sur le véritable état de cette même conscience que vous supposez calme, parce qu'elle en distrait et en étouffe les mouvemens.

FRÉDÉRIC.

Non, monsieur, je ne me laisse jamais éblouir par ces vaines séductions ; mon âme simple, des mœurs pures, un sentiment naturel du bien, voilà ce qui m'a toujours donné l'horreur du crime : c'est d'après ces règles que je me juge innocent : la nature plus forte en moi que toutes les lois que je ne connais point , que ces systêmes, qui pour la plûpart sont faux et erronés ; la nature seule , dont j'ai suivi aveuglément les impulsions, a causé ce moment d'oubli. Avez-vous des parens, monsieur ?

ERMAN.

Non : je suis orphelin dès mon bas âge.

FRÉDÉRIC.

J'en suis fâché ; nous ne nous entendrons point. Le sentiment qui m'a fait agir est tout à fait étranger à votre âme : le désir de soulager une mère dans le besoin ne l'enflamma jamais! Je n ai jamais rien appris ; mais j'ouvre le livre de la nature , et j'y trouve par-tout, que le fort doit assister le faible ; et quand je vois un être formé comme moi, mon égal aux yeux de l'Eternel , sacrifier à son luxe , à ses passions , à ses fantaisies, des biens qui ne lui sont donnés que pour secourir ses semblables, je ne vois que l'injustice du sort. L'idée de ma mère , victime de cet injuste partage , vient s'offrir à mon imagination et s'en empare. Elle seule guide ma main qui s'arme pour elle , et la nature me parlant par sa voix, me dit qu'en dépouillant le riche d'un superflu dont il ne sait point faire l'usage convenable, je ne suis que juste, et non point criminel.

ERMAN.

Doucement, mon ami , doucement : vous errez

avec de tels principes poussés à l'excès ; ils détrui-
raient bientôt les liens de la société ; et vous parlez
un langage, qui n'est tout au plus adopté que parmi des sauvages, et des gens sans lois et sans
éducation.

FRÉDÉRIC.

Plût à Dieu que nous y eussions été transportés,
ma mère et moi, parmi les sauvages ! elle y eût
trouvé des secours, qu'une nation civilisée lui refuse ; on ne l'y eût pas laissé périr de misère sur
les grands-chemins !

ERMAN.

Jeune homme, vous m'intéressez : je désirerais
savoir qui vous êtes.

FREDERIC.

Ce que je suis, ce que je sais, ce que je vaux, je
dois tout à ma mère : c'est d'elle que j'appris à
être humain et secourable : pour elle je suivis
les mouvemens que me dictait le principe, quand,
sans considérer les moyens, je m'efforçai de lui
procurer des secours dont elle avait un besoin si
essentiel.

ERMAN.

A la bonne heure. Je veux bien, en adoptant
pour un moment votre façon de raisonner, ex-
cuser le vol en faveur du motif qui vous fit agir :
je veux, qu'entraîné par le désir de procurer du
soulagement à une mère mourante, vous vous
soyez oublié au point de braver les lois, pour ne
suivre que les mouvemens d'une tendresse compa-

tissante ; mais, le meurtre qui allait en être la suite ?

FRÉDÉRIC.

Arrêtez , monsieur ! vous enchaînez ma langue. Mais je parle à un homme instruit : et comme tel, et comme pasteur, vous devez savoir qu'il est des actions dont une cause première dirige le but , la fin, et aussi les moyens. Ma volonté seule , croyez-moi, n'a point conduit ma main ; cette main prête à devenir meurtrière, n'était que le faible chaînon d'une chaîne qu'une puissance invisible dirigeait en secret depuis long-temps. Je ne saurais dans le moment m'expliquer davantage : le voile dont tout ceci est couvert se levera quand il plaira à celui qui a tout conduit qu'il soit écarté. En attendant, soumis et résigné, j'attendrai tranquillement mon sort , persuadé qu'il existe là-haut un tribunal, où l'offenseur et l'offensé seront jugés impartialement , et recevront chacun leur sentence.

ERMAN.

Plus je vous entends, plus vous me pénétrez d'estime et d'admiration. Il serait bien fâcheux, qu'avec de tels principes, les lumières d'une saine doctrine ne vinssent au secours d'une raison , qui ne demande qu'à être éclairée. Ce soin me regarde, et je veux m'en charger. Venez chez moi , vous logerez dans ma maison ; j'y recevrai aussi votre mère , et je croirai avoir encore trop peu fait pour l'humanité.

21

FRÉDÉRIC.

Douce compassion! Combien est efficace le baume
que tu répands sur les plaies de l'âme affligée ! La
mienne est pénétrée du sentiment de la plus vive
gratitude. J'accepte, monsieur, le secours que vous
m'offrez en faveur de ma mère... Quant à moi...
ma prison...

ERMAN.

Non : vous êtes libre. Un homme ami de la vertu
comme vous , dont l'âme est noble et généreuse,
et qui respecte en vous le sentiment de l'amour
filial qui vous fit agir , vous pardonne, et m'en-
voie vous assurer, que bien loin de conserver
quelque souvenir du passé, il vous offre son secours et même son amitié.

FRÉDÉRIC.

Et le nom, je vous prie, de cet homme respectable ?

ERMAN.

Le baron de Wildenheim.

FRÉDÉRIC.

Le baron de Wildenheim ! Ce nom ne m'est pas
tout-à-fait inconnu : n'habitait-il pas la France autrefois ?

ERMAN.

Il y a demeuré effectivement tant que sa femme
a vécu; mais depuis sa mort , il est revenu ici ,
dans sa patrie, et occupe maintenant le château.

FRÉDÉRIC *vivement.*

Sa femme est morte ! (*se reprenant*) Et cette

jeune personne qui m'a paru un ange descendu du ciel , dont l'âme sensible et compatissante a si fort remué la mienne ?

ERMAN.

Est sa fille , mademoiselle Amélie.

FRÉDÉRIC.

Ah ! fort bien : mais... Pardon , monsieur , si je vous accable de questions peut-être importunes ! Un seul mot encore , je vous prie. Lors de la rencontre que je fis de M. le baron à la chasse, j'ai vu , il me semble , à côté de lui , un jeune homme. Serait-ce ?...

ERMAN.

Oh ! non : ce jeune homme ne lui est rien , et ne lui appartiendra jamais , j'espère.

FRÉDÉRIC *à part.*

O Dieu ! je te rends grâces ! (*haut*) Je vous suis obligé , monsieur , des instructions que vous avez bien voulu me donner. Elles sont plus importantes pour moi que vous ne pensez. Je voudrais pouvoir vous témoigner ma reconnaissance : hélas ! je n'ai rien , je ne puis rien , et mon amitié n'est pas d'un prix digne de vous être offert.

ERMAN *lui tendant la main.*

Mon ami, je l'accepte : je fais plus , je vous la demande. Les sentimens doivent rapprocher les états comme les cœurs. Ceux que vous venez de manifester vous ont valu mon affection... et , si je puis vous être utile...

FRÉDÉRIC *l'interrompant.*

Vous le pouvez... Procurez-moi le moyen de

voir le baron de Wildenheim , un moment seulement. J'ai aussi, pour ma part, des sentimens à
lui offrir : je lui dois l'hommage de ma sensibilité,
de ma reconnaissance. Oh ! s'il se peut , monsieur,
que je le voie. . . mais seul, sans témoin. Ce que
j'ai à lui communiquer est assez important. . . lui-
même, je suis sûr , n'en sera pas fâché ; enfin,
monsieur. . . encore cette marque de votre bonté,
et je vous en aurai une obligation éternelle.

ERMAN.

Volontiers ; suivez-moi.

SCENE V.

*Le Théâtre change , et représente le salon du
château comme au premier acte.*

AMÉLIE, LE BARON, LE COMTE.

LE BARON *entre tenant Amélie par la main.*

Non, mon enfant : attendons à ce soir , la promenade à cette heure-ci n'est point agréable. Ce
soir , au coucher du soleil , il fera frais ; et je te
promets que nous irons tous ensemble. Nous en-
gagerons notre ami Erman à être des nôtres ; et
je pense que M. le comte ne sera pas fâché de
nous accompagner : d'ailleurs , je te l'ai dit, j'y
ai envoyé : la femme se trouve mieux... beaucoup mieux : Henri l'a vue, et ce soir nous irons
tous la voir aussi. N'est-il pas vrai, M. le comte ?
vous ne répugnez point à nous accompagner ?

LE COMTE.

Point du tout, mon colonel ; point du tout.

Alexandre marchait de pair avec les dieux ; et
nous , nous marcherons de pair avec les Graces.

LE BARON.

Toujours galant, M. le comte? Allons , Amélie,
la révérence au moins.

(*Amélie salue nonchalemment : le comte se baisse
profondément.*)

LE COMTE.

Pourvu , cependant, que cette femme ne soit
pas attaquée de quelque maladie contagieuse ; en
tout cas, j'aurai soin de me munir d'un flacon
de vinaigre des quatre voleurs dont la vertu est
unique. J'en ai toujours sur moi. Cela est on ne
peut plus essentiel. Un homme du monde ne saurait marcher sans ce préservatif : à tout moment,
on peut se trouver infecté de quelque odeur désagréable... ici même dans ce salon... (*il tire son
flacon et ne le quitte plus de la scène*)

(*Le baron s'assied : Amélie prend une chaise à
côté de lui, et tire son ouvrage.*)

LE BARON.

Dites-moi, je vous prie, M. le comte , avez-vous
été long-temps en France ?

LE COMTE.

Ah ! mon colonel , vous me percez l'âme par
cette question. Long-temps ! Hélas , non ! On le
dirait, n'est-il pas vrai? Et sans mon barbare père,
qui fort inhumainement me refusa mille louis que
je lui avais cependant demandé fort honnêtement,
j'y serais peut-être encore. Au reste j'ai su mettre
à profit le peu de temps que j'y ai passé.

LE BARON.

Pas mal en vérité ; mais votre langage , cette
façon toute particulière de vous énoncer , où
l'avez-vous prise ?

LE COMTE.

Pas vrai , mon colonel ? pas vrai ? singulier en
vérité ! rien d'allemand... rien de vicieux dans ma
prononciation , dans mes tours de phrases : aussi
depuis cinq ans je m'applique uniquement à oublier ma langue maternelle ; et j'y parviendrai.
L'accent un peu fautif encore ; mais à force de
mettre la langue à la torture , cela passera : car
enfin , il faut l'avouer : la langue allemande est
dépourvue de toute espèce de grâces , n'est susceptible d'aucun agrément , n'est exactement bonne
à rien ; une langue d'abord , dans laquelle il n'est
pas possible de faire l'amour. Une déclaration
d'amour en allemand , par exemple , ha ! ha ! ha !
cela serait plaisant ! Vive le français pour la tendresse , pour l'expression.

Pour célébrer la charmante beauté
Dont le cœur se trouve enchanté.

Voyez ! comme tout de suite on trouve dans
cette langue le mot propre à la chose ? on cher-
cherait vainement en allemand une phrase qui
valût celle-là : aussi nous n'avons rien en fait de
littérature , point d'auteurs... (le baron fait un
geste d'impatience) Non, monsieur le baron , point
d'auteurs , point de génies , rien de saillant : quelques petits historiens par-ci par-là , voilà tout ; un

Wieland par exemple , un *Kotzebue* ; mais qu'est-
ce que tout cela? Un homme de goût peut-il perdre son temps à lire des choses qui ne font que
remuer l'âme et exciter sa sensibilité ? Il faut du
léger , du frivole, le reste fait mal au cœur.

Le Baron.

Ma foi , M. le comte , si le vôtre est aussi malade que votre esprit, je vous plains ; mais dites-
moi , je vous prie : est-ce aussi d'un homme de
goût de nous empester comme vous faites, par je
ne sais quelle odeur renfermée dans ce flacon, et
dont vous nous incommodez depuis une heure.

Le Comte.

Pardon , mon colonel, pardon ; mais je vous
dirai tout franchement , qu'il règne dans votre
salon une odeur que je ne puis supporter ; mes
nerfs en sont dans une irritation inconcevable.
Elle s'attache à mes habits, à mes cheveux même.
Je crois entre nous, qu'on y a fumé la pipe. . .
oui , en vérité , la pipe de tabac ! C'est encore
un usage attaché à mon maudit pays , surtout
parmi messieurs les militaires. Cela n'est pas
étonnant : ils n'ont jamais appris qu'à se battre.
Mais moi qui, grâces à Dieu , ai pris dans l'étranger d'autres mœurs et d'autres coutumes, je vous
avouerai naïvement, que je déteste toutes celles
qui tiennent à mon pays ; et la fumée de tabac
m'affecte à un point, que je me vois forcé, absolument forcé de sortir d'ici , et

De quitter avec douleur

La beauté, qui soumet mon cœur. (*Il sort.*)

SCÈNE VI.

LE BARON, AMÉLIE.

Le Baron.

Va ! puisses - tu nous quitter pour toujours !
Quelle tête !

Amélie

Mon cher père ! jamais je n'épouserai le comte
de Muller.

Le Baron.

Oh ! jamais, je t'assure. Je te défends même d'y
penser.

Amélie.

Cette défense n'est pas nécessaire , car je ne
puis le souffrir. Il m'a laissé une impression si
désagréable , que je voudrais savoir ce qu'il faut
faire pour la détruire.

Le Baron.

Rien du tout : cette impression s'effacera insensiblement.

Amélie *d'un air timide et embarrassé.*

Il est bien plus facile et bien plus doux d'aimer.

Le Baron.

Sans contredit.

Amélie.

On aime et l'on hait souvent , sans savoir
pourquoi , ni comment ; mais ici c'est toute autre
chose : mon antipathie , par exemple , pour le
comte de Muller est fondée.

Le Baron.

Oh ! très-fondée.

AMÉLIE *toujours plus embarrassée.*

Ainsi que mon attachement pour notre digne pasteur.

LE BARON.

Certainement.

AMÉLIE *après un moment de silence.*

En renonçant au comte, je n'ai pas pour cela renoncé au mariage.

LE BARON *en riant.*

Je compte bien là-dessus, et ma postérité aussi.

AMÉLIE.

Je voudrais... je serais bien curieuse de savoir si M. Erman n'a jamais pensé à se marier ?

LE BARON.

Je n'en sais rien, et ne suis jamais entré avec lui dans cette confidence.

AMÉLIE *toujours plus embarrassée.*

Il m'aime beaucoup.

LE BARON.

J'en suis persuadé.

AMÉLIE.

Je crois, mon papa... j'ai lieu de croire, que si vous lui offriez ma main...

LE BARON.

Il l'accepterait : oh ! pour cela je n'en doute pas Mais qu'as-tu donc ? tu es d'une inquiétude...

AMÉLIE *se trouve tout près du baron, et se jette à ses pieds, en saisissant une de ses mains.*

Mon père !

22

Le Baron *la relevant.*

Mon enfant! qu'as-tu donc, ma chère fille?

AMÉLIE.

Vous êtes si bon : vous fûtes toujours pour votre Amélie un père si tendre : ce matin encore vous m'avez parlé avec tant de bonté ; vous vouliez , disiez-vous, me voir heureuse, parfaitement heureuse. Eh bien, il existe un moyen. Unissez-nous , M. Erman et moi , et vos désirs seront accomplis.

LE BARON.

A la fin je commence à t'entendre. Celui-là était un peu fort aussi ; et, je t'avoue , que je n'y étais point du tout. Tu n'es pas la première, mon enfant, à qui la lecture des romans a donné de pareilles lubies. Il faut souvent moins que cela, pour tourner de jeunes têtes et exalter l'imagination. Où est la jeune fille qui ne voulût ressembler à Julie? Je doute, cependant , que notre ami Erman voulût être jamais le St.-Preux d'un pareil roman...

AMÉLIE

Vous êtes , et vous fûtes toujours son ami , son bienfaiteur. Il vous doit tout , et ce n'est qu'en faisant le bonheur de votre fille chérie, qu'il peut trouver les moyens de s'acquitter envers vous.

LE BARON.

Mon enfant! je ne veux point traiter sérieusement avec toi cet article : tout autre que moi le mettrait sous les yeux une infinité de considé-

rations, dont une seule suffirait pour te convaincre que ce que tu crois être un sentiment,
n'est qu'une poupée dont ton imagination s'a-
muse. Ton jeune cœur enflammé par la reconnaissance, croit aimer; et n'en est pas encore à
son apprentissage. Ce que tu éprouves dans ce
moment, n'est qu'une fantaisie, un caprice; et
si j'avais la faiblesse d'acquiescer à tes désirs, il
faudrait que je fusse bien peu éclairé sur tes véritables intérêts. Ce n'est pas à l'aurore de sa vie,
que l'on fixe son sort et sa destinée. Dans peu je
me propose de quitter la campagne, et je te ferai
faire ton entrée dans le monde. C'est un pays
encore inconnu pour toi : j'y guiderai tes pas : je
t'accompagnerai partout ; tu parcourras le cercle
de nos élégans ; tu les verras s'empresser autour
de toi, et tu trouveras bientôt, dans les divers
objets qui te seront présentés, de quoi te distraire agréablement de celui-ci.

AMÉLIE.

Mais, ces objets, quelqu'aimables qu'ils soient,
il me faudra apprendre à les connaître. Beaucoup,
j'en suis sûre, n'en vaudront pas la peine. Il faudra étudier leurs caractères ; et je puis après cela
encore être trompée : au lieu qu'en m'arrêtant
tout uniment au choix qu'a fait mon cœur, je
suis bien sûre de ne pas l'être.

LE BARON.

Mon Amélie, tu ne le connais pas encore ton
cœur, et tu veux le donner ! tu n'as pas encore

appris à distinguer les diverses nuances de sensibilité, dont il est susceptible, et tu prends pour
de l'amour ce qui n'est, comme je te l'ai déjà dit,
qu'un pur sentiment de reconnaissance due, et
très-vive. Je suis sûr que M. Erman lui-même,
s'il pouvait se douter de l'impression qu'il a faite
sur toi...

AMÉLIE.

Oh! mon papa, il n'en doute plus, car je lui
ai tout avoué.

LE BARON.

Avoué! mais en vérité, vous n'êtes pas sage;
et je vous prie, qu'a-t-il répondu?

AMÉLIE.

Comme toujours: des raisons, et toujours des
raisons; il en a ses poches pleines; il parlait de
titres de noblesse, de famille, de devoirs, de
confiance, que sais-je! des argumens qui ne finis-
saient point, et qui au fond ne signifiaient rien:
Moi j'ai tenu bon; mais lorsque j'ai voulu l'engager
à venir vous parler sur cet objet, croyez - vous
qu'il ait jamais voulu?...

LE BARON.

Je reconnais bien là mon ami; et n'en attendais pas moins de sa vertu et de son honnêteté.

AMÉLIE.

C'est fort bien: mais où en serais-je moi avec
sa discrétion? Il fallait bien cependant qu'un de
nous deux parlât; et c'est moi qui, plus hardie,
plus sûre du cœur de mon père, ai osé prendre
sur moi...

Le Baron.

Ma fille ! je veux bien un instant prendre le
ton sérieux et quitter la plaisanterie , quoiqu'au
fond tout ceci n'en soit qu'une. Il est temps
qu'elle finisse , et que tu rentres en toi-même.
Les propos que tu viens de me tenir te feraient
rougir , si tu en sentais la conséquence. Tu parles
de mari, comme l'on parlerait de l'achat d'un
chiffon. Je t'y ai vu, il n'y a pas si long-temps,
mettre la même chaleur : mais, mon enfant,
cette emplette-ci est d'une nature un peu trop
importante, pour ne pas mettre à son acquisi-
tion le temps et les réflexions nécessaires. Ce soin
m'appartient ; et je m'en charge : tu peux bien
t'en fier à ton père , qui est encore plus ton
ami. Il ne faut qu'un moment, ma chère Amélie,
pour former un pareil lien, et ouvrir, à une vie
entière , une source de peines et de regrets. Une
condescendance trop aveugle à cet égard de la
part des parens, a produit plus de maux qu'une
sévérité même injuste. Je ne veux donner dans
aucun de ces deux excès : je penserai, je rai-
sonnerai avec toi. Tu m'as fait ton confident ;
en cette qualité je veux partager tous tes soucis , toutes tes peines. Avoue que ce secret te
pesait violemment sur le cœur. Eh bien , dès ce
moment, il va te sembler plus léger : nous serons deux à le porter.

Amélie *se jetant à son col.*

Ah mon père ! que ne vous dois-je point !

LE BARON.

Ton amitié , ta confiance ; c'est tout ce que
tu me dois. Tu le sais , mon enfant, et tu dois
te le rappeler , ce fut un dépôt que je réclamai ,
lorsque tu perdis ta mère : mes soins t'ont prouvé
jusqu'à ce moment, combien j'en étais digne ; et
l'avenir , sois-en sûre , ne démentira jamais mes
sentimens et ma conduite à cet égard. Mais ,
voici M. Erman , qui vient à nous fort à propos.

SCÈNE VII.

Les précédens, M. ERMAN.

LE BARON.

Venez , mon ami , approchez, nous parlions de
vous, et. . .

ERMAN.

Suivant vos ordres , M. le baron, j'ai délivré
le prisonnier , et l'ai amené ici : mais il désirerait
vous témoigner lui-même , en personne, sa sensibilité et sa reconnaissance.

LE BARON.

Volontiers : aussi-bien je ne prétends-pas faire
les choses à demi. Certainement je ne le laisserai
point aller les mains vuides.

ERMAN.

Oui : mais il sollicite un moment d'entretien
particulier. Il désire, dit - il , vous parler sans
témoin.

LE BARON.

Comment! tête-à-tête, cela me paraît singulier ;

et pour quelle raison, que peut-il avoir à me dire ?

E R M A N.

Je l'ignore ; quoiqu'il en soit, j'ai cru pouvoir lui accorder sa demande , et il attend vos ordres.

L E B A R O N.

Eh bien ! à la bonne heure. Faites-le entrer. En attendant, mes amis, ne vous éloignez pas. J'irai vous joindre dans un moment , et ne serai pas fâché de vous retrouver ensemble. Allez...

(*Amélie et Erman sortent : celui-ci ouvre la porte à Frédéric qui entre lentement.*)

SCÈNE VIII.

LE BARON, FRÉDÉRIC.

L E B A R O N.

Avancez, mon ami, avancez ; ne craignez rien, vous êtes libre. En faveur du motif qui vous a fait agir, je veux bien vous pardonner ; mais, que ce qui vient d'arriver vous serve de leçon. Croyez-moi ; un honnête homme, quelque grande que soit sa misère , trouve toujours des ressources, sans employer les moyens vils et dangereux dont vous vous êtes servi. Vous êtes jeune : il est possible que vous n'ayez point senti les conséquences d'une action aussi horrible : soyez plus sage à l'avenir ; apprenez à vous défier de la vivacité de vos passions : tenez, voilà un louis. (*Frédéric hésite de le prendre.*) Prenez, retournez auprès de votre mère : j'ai eu soin d'elle en votre absence ;

elle est mieux , et n'a d'autre désir que de revoir
son fils. Continuez à être , comme vous l'avez été
jusqu'à présent , son soutien et sa consolation.
Vous fûtes toujours pour cette bonne mère un
sujet de se réjouir : frémissez, en pensant au
moment , où coupable de vol et d'assassinat ,
vous n'étiez plus à ses yeux qu'un objet d'horreur.
Allez, mon garçon , allez ; conduisez-vous avec
sagesse, j'aurai les yeux sur vous. Vous m'intéressez , oui , vous m'intéressez ; et si , à l'avenir ,
votre conduite répond à mon attente , je vous
ferai du bien. Ma bourse , ma maison vous seront ouvertes. Adieu : le ciel soit avec vous.

FRÉDÉRIC.

Vos procédés , monsieur , sont certainement
au-dessus du commun. Vous joignez à la clé-
mence la générosité : tout est beau , tout est
grand dans votre façon d'agir. Vos conseils sont
ceux d'un père , d'un ami. Ils m'ont vivement
touché, et m'enhardissent à mettre en vous ma
confiance entière. Vous êtes, ce qu'on appelle je
crois communément dans le monde , un grand
homme. Vous ne pouvez qu'être un homme juste.
Eh bien , monsieur! permettez-moi de réclamer
de cette même justice, dont vous connaissez sans
doute les lois , contre un père qui fit, jusqu'à ce
jour, le malheur de son fils.

LE BARON.

D'un père , dites - vous! vous avez un père!
je ne vous croyais qu'une mère : et quel est-il?

FRÉDÉRIC.

Un homme puissant, vertueux, honnête, sensible, d'une naissance distinguée, considéré partout, chéri de ses vassaux, faisant du bien à tous, aimant la veru, d'une éloquence rare à persuader ceux pour qui elle n'aurait point de charmes.

LE BARON.

Et nonobstant tout cela... il abandonne son fils ?

FRÉDÉRIC.

Il abandonne son fils.

LE BARON.

Mon ami, vous êtes franc ; et je vous en sais gré, d'autant plus, que cet aveu n'est point du tout à votre avantage. Un homme, tel que celui que vous me dépeignez, n'agit que d'après des motifs très-conséquens. Il est impossible que le tort que vous supposez vienne de lui ; et d'après le tableau que vous venez de m'offrir, je suis bien porté à croire que vous êtes le seul coupable ; mais je vois ce que c'est. Vous aurez vécu en jeune homme : du libertinage on tombe dans la débauche ; et il ne me paraît pas du tout étonnant, qu'après bien des remontrances et des exhortations inutiles, votre père vous ait enfin abandonné dans une carrière qui, par les contrariétés et les désagrémens qu'on y rencontre à chaque pas, lui a paru le seul moyen propre à ramener tôt ou tard un jeune écervelé dans le bon chemin.

23

FRÉDÉRIC.

Non, monsieur le baron, vous êtes dans l'erreur. Vous vous abusez sur ma position. Mon père ne s'est jamais donné le soin de me juger. Il ne me connaît pas encore. Il ne m'a jamais vu jusqu'à ce moment ; au contraire, il m'a rebuté, repoussé de son sein, même avant ma naissance.

LE BARON *troublé s'asseyant.*

Comment! expliquez-vous!

FRÉDÉRIC.

Les larmes de ma mère m'ont seules appris à le connaître. Ses précieuses larmes, que lui seul a fait couler, que ma main seule a essuyées, voilà tout le bien que j'ai reçu de lui. Jamais il ne s'est informé s'il était resté un objet de consolation à celle qu'il avait plongée dans le malheur.

LE BARON *de plus en plus troublé.*

Mais, en vérité, cela est très-mal! Je ne sais, jeune homme, vous me surprenez ; dites-moi, parlez, qui êtes-vous ?

FRÉDÉRIC.

Je suis. . . . . un enfant malheureux, méconnu de mon père. Les angoisses. . . les soupirs, les pleurs de ma mère ont été mon berceau. Ses mains ont travaillé jour et nuit à ma subsistance. Sa vertu, son courage et sa patience inépuisables, ont élevé mon âme, et l'ont enrichie d'un trésor plus précieux que tous les vils biens de la terre. Mon esprit est formé sur le sien, et n'eût pu trouver un plus beau modèle. Son étude constante

fut d'en écarter soigneusement le vice et d'y faire
germer la vertu ; et dans ce soin , cette applica-
tion soutenue , elle se réjouissait à l'idée qu'un
jour cet objet de sa tendre sollicitude , aujourd'hui
méconnu, rejeté, pourrait devenir la joie et l'honneur de son père. Mais hélas ! son attachement au
monde et à ses plaisirs, rendent son âme inac-
cessible aux doux sentimens de la nature ; et sa
conscience , étouffée sous le poids des grandeurs,
ne laisse plus entendre sa voix.

LE BARON à part.

Quel trouble a passé dans mon âme ! Chaque
mot qu'il prononce..... Continuez , jeune homme...... continuez.

FRÉDÉRIC.

Ma jeunesse ne fut pas plus fortunée que mon
enfance. Le sentiment d'une noble ambition , qui
germait dans mon âme , me donna de bonne
heure l'amour du travail et de l'indépendance.
Pour n'être plus à charge à ma mère , pour la
soulager dans sa misère , je me fis soldat ; et
malgré la rigueur de ce métier, je ne me trouvai
point malheureux : tant il est vrai que la Providence, toujours sage dans ses dispositions , donne
au jeune homme, dont les forces ne sont point
suffisantes encore pour supporter le fardeau du
malheur, la légéreté et la gaîté pour compagnes ;
tandis qu'elle réserve à l'homme mûr et réfléchi
les soucis et les craintes. Une conduite exempte
de reproches , l'amour du bien , le charme d'une

conscience tranquille , me firent goûter le bonheur au sein de l'adversité. Le pain et l'eau , ma
seule nourriture, me semblaient plus délicieux
que les mets les plus exquis ne le sont à celui
qui, n'étant pas en paix avec lui-même, cherche
envain le repos.

LE BARON.

Dieu! Quelle lumière vient tout-à-coup!...
Quel rapport!... Achèves... dis-moi...

FRÉDÉRIC.

Après cinq ans d'absence, je retournai dans ma
patrie, le cœur brûlant du désir de revoir ma
mère; mon imagination enchantée ne me peignait
que le bonheur : j'arrive. Je retrouve cette mère
chérie, succombant sous le poids de l'infortune
et de la misère. Je retrouve ses mêmes vertus;
mais je ne retrouve plus ni sa force, ni son
courage. Je la tiens mourante dans mes bras. La
joie de me revoir ranime un souffle de vie qui
lui reste encore, et combat seul l'impitoyable
mort, dont je vois la faulx suspendue sur sa
tête. Dénuée de tout, sans abri, un pouce de terre
est tout ce qui lui reste pour reposer sa tête, et
recevoir son dernier soupir. Désespéré, éperdu,
je cherche, je promène ma vue ; et ne vois pas
d'où nous viendra le secours. Que fait mon père
dans ce malheureux instant ? Seul, dans son
brillant château, fier de son opulence, encensé
par une multitude de flatteurs, à qui il prodigue
des biens qui lui sont à charge, il jouit tran-

quillement d'une réputation usurpée. Sa conscience
engourdie s'endort à l'odeur de l'encens , et ses
vertus factices , exaltées par l'adulation , seront
encore célébrées !

LE BARON.

Cruel ! De quels traits tu me perces le cœur !
Achève , au nom de Dieu... au nom de ta mère...
dis-moi...

FRÉDÉRIC.

Qu'il abusa de son ascendant sur un jeune cœur
ouvert au plaisir d'aimer ; qu'il y fit naître un
sentiment qu'elle eût emporté au tombeau, si-le
ciel, désarmé par mes prières, ne l'eût conservée
à mes vœux ; qu'il se fit un jeu des sermens les
plus sacrés ; que ce fut par lui que son malheureux fils , vertueux et innocent , devint tout-à-
coup criminel , et finit une carrière , dont l'aurore promettait de si beaux jours à la vertu, dans
la honte et dans l'ignominie... Ah ! de tels forfaits ne se racheteront point par un louis. (*Il
jette le louis que le baron lui a donné au commencement de la scène.*)

LE BARON.

Malheureux ! Par pitié , finis mes tourmens.
Nomme-moi ton père.

FRÉDÉRIC.

Tu dis bien : malheureux... mais beaucoup
moins que toi... A tes remords... à ta confusion,
au cri de ta conscience, qui enfin se réveille,
peux-tu me demander qui est mon père ? Va, ton

coupable cœur m'a déjà nommé... Oui , je suis ton fils : l'infortunée Wilhelmine est ma mère.

LE BARON *tombant sur une chaise , dans le plus grand accablement.*

Mon fils ! Wilhelmine !

FRÉDERIC *dans le plus grand transport.*

C'est elle qui donna naissance à l'être infortuné dont tu as fixé le sort et la destinée ; car ne crois pas qu'en me rendant la liberté , le premier bienfait que j'ai reçu de toi , j'oublie que je fus criminel et que je me dois à la justice. Va, ce n'est pas de toi que je veux la recevoir. Tu la refusas pendant vingt ans à l'infortunée victime de tes erreurs , plongée par tes injustices dans le plus affreux malheur, pour t'avoir trop aimé. Tu te la refusas à toi-même : que pourrai-je attendre de toi ! Dès ce moment, je cours me livrer au glaive du bourreau. Ton inhumanité m'a rendu criminel : eh bien ! je recevrai ma sentence. Plus juste en tout temps, que tu ne le fus, je saurai , en montant sur l'échafaud que tu m'auras préparé , bénir le moment qui va répandre un sang qui n'est plus pur , puisqu'il t'appartient.

LE BARON.

Arrête ! ... cruel ! ... arrête ! ... écoute ! ...

FRÉDÉRIC.

Non : je n'écoute plus que la voix de mon désespoir. .. Il m'entraîne. De ce pas je cours chercher ma mère : je la traîne avec moi au lieu de mon supplice : elle y entendra ma sentence , et

ses mains innocentes et pures levées vers le ciel,
sa voix timide et tremblante, demanderont grâce
pour son fils, et vengeance pour l'auteur de ses
maux et des miens.

LE BARON.

Barbare!

SCENE IX.

Les précédens, M. ERMAN *accourant.*

ERMAN.

Qu'est-ceci! Jeune homme, auriez-vous tenté...

FRÉDÉRIC.

Oui, monsieur : j'ai tenté de faire trembler le
pécheur; et j'ai réussi. La voix de la nature a plus
fait dans ce moment, que la vôtre n'eût jamais
pu faire. Voyez... (*en montrant le baron plongé
dans le plus grand accablement.*) C'est ainsi qu'elle
réveille la conscience après vingt ans de sommeil...
Je suis un malheureux... un criminel ; mais ce
que j'éprouve dans ce moment est un sentiment
de douceur, comparé au remords qui s'est em-
paré de son âme. Puisse-t-il expier ses forfaits!...
Quant à moi... prisonnier et coupable, je cours
chercher ma sentence et me livrer à la justice
qui m'attend. (*Il sort.*)

SCENE X.

LE BARON, M. ERMAN.

ERMAN.

Qu'entends-je!... qu'est-ce donc!...

LE BARON *allant à lui*

Mon ami ! empêchez qu'il ne sorte... rame-
nez-le... oui, ramenez - moi mon fils... Allez
trouver sa mère, courez... vous la trouverez...
là-bas... quelque part, au village, malade... dans
une chaumière... Elle expire, peut - être... ne
perdez point de temps... allez.

ERMAN.

Mais ! que puis-je... que faut-il...

LE BARON.

Ah ! mon ami... dites, faites tout ce que le
ciel vous mettra au cœur de faire dans ce moment.
Incapable de tout, n'ayant pas assez d'une âme
pour sentir, je ne puis rien vous dire. Sauvez-
la... secourez-la... que je la voie, et que je meure
à ses pieds ! ... Allez...

(*M. Erman sort.*)

LE BARON *seul.*

Veillai-je ! ... Dieu tout bon ! Par où ai-je donc
mérité tes faveurs ? Je retrouve un fils , et je retrouve avec lui des entrailles de père... O déli-
cieuses larmes qui dans ce moment coulez de
mes yeux ! soulagez mon cœur oppressé : effacez,
par la douceur que je goûte à vous répandre ,
celles que le remords m'a arrachées tant de fois !
Je retrouve un fils et je puis réparer mes torts...
je retrouve un fils, et je ne l'ai pas encore serré
dans mes bras ! Ah ! qu'il vienne, que je l'embrasse,
et qu'il me pardonne ! (*il appelle.*)

SCENE XI.

LE BARON, HENRI.

Le Baron.

Henri... Henri...

Henri.

Monsieur !

Le Baron.

Amenez ici tout de suite...

Henri.

Qui, monsieur, le jeune soldat ?

Le Baron.

Oui..... oui..... celui qui était ici il y a un instant.

Henri.

Oh ! monsieur, il court encore... il dit comme ça, qu'il va se livrer à la justice...

Le Baron.

Ciel ! empêchez ce malheur ! qu'on se précipite sur ses pas... qu'on me l'amène... courez tous... Henri...

(Henri sort un moment, le baron le rappelle.)

Henri *revenant.*

Monsieur ! ...

Le Baron.

Faites préparer un appartement au château. Amenez-y le jeune soldat, et restez à son service.

Henri.

Mais, monsieur, vous savez que le comte de Muller occupe, avec son valet-de-chambre, toute l'aile droite, et qu'encore...

24

Le Baron.

Qu'il déloge ; et tout de suite. Henri ! Le ciel
me rend un fils , un fils né de mon sang. Je le retrouve enfin ; lui, sa mère et mon Amélie par-
tageront désormais toutes les affections de mon
cœur. Lui seul va relever l'éclat du nom de Wildenheim... Il sera l'héritier de mes titres, de mes
biens ; de ces biens qui, dès ce moment seulement,
me deviennent chers et précieux. Ah ! il en jouira,
même avant que sa main ferme ma paupière !
Henri... allez... assemblez... tout le village...
que chacun prenne part à ma joie ; qu'on sache,
que si j'ai pu... oublier mon fils, je ne sus jamais le méconnaître. Comme il tarde à venir !
L'impatience me tue... mon cœur ne peut plus
suffire aux transports qui l'agitent .... Il approche... Dieu ! je l'entends : ... je le sens aux bat-
temens redoublés de mon cœur... O doux sentimens de l'amour paternel !... ô joie !... ô tendresse !

(*Frédéric arrive, entouré de peuple et des gens du
château : le baron court au-devant de lui : Frédéric se
jette dans ses bras.*)

Mon fils !... il est mon fils ! ...

(*La toile tombe.*)

Fin du quatrième Acte.

ACTE V.

SCÈNE PREMIÈRE.

Le Théâtre représente la chaumière de Lucas. Celui-ci et Brigite amènent Wilhelmine, qui s'appuie sur eux, sur le devant de la scène, et la font asseoir sur une chaise.

LUCAS, BRIGITE, WILHELMINE.

WILHELMINE *regardant de côté et d'autre d'un air inquiet.*

Mon bon ami Lucas... vous ne voyez donc rien ?

LUCAS.

Rian, vous dis-je... pas la queue d'un cheval... beaucoup moins vot' garçon... Le plus habile astrologue, avec sa grande lunette, y perdrait ses peines.

BRIGITE.

Mais dame : vous vous inquiatez par trop aussi. Faut pas être comme ça :... il aura pris le pus long chemin, et sera allé à la ville. Parce qu'il aura vu de belles maisons et de biaux messieurs tout d'or, il aura cru, le pauvre garçon, que les cœurs étions aussi bons que les habits. Nous

autr' paysans , nous ne sommes pas si bêtes.
Nous savons bian qu'il n'y a que des piarres là-
dessous.

WILHELMINE.

De grâce, mon cher Lucas... par pitié... retournez encore une fois...

LUCAS.

Allons, je le veux bian ; peut-être qu'à force
de voir, je le ferons venir.

SCENE II.

WILHELMINE , BRIGITE.

BRIGITE.

Le pauvre garçon ! S'il savait tout ce qui nous
est arrivé pendant son absence, et comme pendant qu'il se tournait et se retournait de droite
et de gauche pour attraper queuque petite chose,
le bon Dieu, qui est toujours là , dà... nous a
bien aidé sans lui !

WILHELMINE.

Je suis dans des transes... je me meurs d'inquiétude. ..

LUCAS *accourant.*

Je crois avoir apperçu de loin monsieur le
pasteur, qui venait par ici.

WILHELMINE.

Par ici... Vient-il vous voir quelquefois ?

BRIGITE.

Vraiment oui : Oh ! c'est un homme juste et
bon. Te souviens-tu, Lucas , du jour que la vache

de la bonne femme Michel mourut? C'était une
désolation, on ne pleure pas plus son père... Eh
bien, ne lui donna-t-il pas de quoi en acheter
une autre, trois fois plus grasse? Le ciel le bénisse!.. Mais, tiens morguenne ... regarde, ...
je crois que le velà... Oui, par ma foi, c'est lui...
Lucas, va-t-en le recevoir.

SCENE III.

M. ERMAN, LUCAS, WILHELMINE,
BRIGITE.

ERMAN.

Bonjour, mes enfans.

(*Wilhelmine reste assise et paraît plongée dans
le plus grand abattement.*)

LUCAS et BRIGITE *ensemble.*

Bonjour, monsieur le pasteur. Vot' servante,
monsieur le pasteur :... soyez le bien venu...
cent fois le bien venu. Lucas, donne une chaise...
attends que je l'essuie, donnez la canne, le chapeau... là... fort bien :... bon Dieu comme
vous suez!... vous avez couru... Attendez...
j'irons vous chercher un varre de vin, ou bien
là, parguenne, un bon coup d'eau de vie...

BRIGITE.

Pàix... paix... not'homme... tu sais bien que
M. le pasteur dit que cela ne vaut rian; que
cela fait venir des moulins dans la tête... Mais
une bonne poire, bien mûre.., bien molle....
bien...

ERMAN.

Grand merci, mes bons amis :... grand merci.
Je ne veux rien, je n'ai besoin de rien. Je suis
venu simplement me promener de ce côté... voir...
(*jetant un coup-d'œit à la dérobée sur Wilhelmine*)
Mais !... vous avez compagnie.... je me retire.

LUCAS *le retenant.*

Non pas, non pas, M. le pasteur : faut pas que
ça vous gêne... Çà n'est point une dame... mais
une pauvre femme qui se mouriont sur le grand
chemin, et que j'avons recueillie, par charité,
dans not' chaumière.

ERMAN *toujours regardant Wilhelmine, qui ne lève
point les yeux.*

C'est bien fait :... Dieu vous bénira et vous
récompensera de cette bonne action.

LUCAS.

Oh ! ça n'en valiont pas la peine ; et pis, M.
le pasteur, est-ce que (*montrant son cœur*) je ne
trouvons pas toujours ici not' récompense ?

ERMAN.

Elle paraît bien malade ?

BRIGITE.

Bah ! ce n'est rien que çà à présent. Fallait la
voir tantôt... Elle était plus morte que not' pauvre
ânesse de l'année passée, qui stapendant était bien
mal :... vous vous en souvenez, M. le pasteur ?

ERMAN.

Oh oui ! Vous ne savez pas qui elle est ?

LUCAS.

Non : je crois qu'elle n'appartient qu'à son fils

et à Dieu ; car elle parle toujours de lui. . . Çà
fait, voyez-vous, que nous nous sommes trouvés
d'abord en pays de connaissance.

ERMAN.

Ne s'est-elle point nommée ?

BRIGITE.

Nommée ! . . . non. . . et à dire vrai , je n'avons
pas pensé à lui demander son nom. J'avons lu
celui qu'elle portait sur sa figure. . . pauvreté et
misère ; et cela nous a suffi.

ERMAN.

Vous avez raison : il n'en faut pas davantage.
(*s'approchant de Wilhelmine qui est restée toujours
dans la même situation.*)

Ma bonne femme. . . vous paraissez bien in-
commodée ? . . . Peut–on , sans indiscrétion, vous
demander qui vous êtes ?

WILHELMINE *levant les yeux.*

Qui je suis ! . . . Ah monsieur ! (*regardant autour d'elle*) si je pouvais ! . . . si nous étions seuls !

ERMAN.

Suffit : je vous entends. (*à Lucas et Brigite*)
Mes amis, voudriez–vous bien me laisser entretenir cette femme un moment , en particulier ?

LUCAS.

Volontiers. . . oui. . . . oui. . . M. le 'pasteur a
raison. Parie qu'il va savoir d'abord comment
s'appelle son nom : car enfin faut bien qu'elle
en ait un , et qu'elle le dise dà... Allons, Brigite...
allons nous-en : laissons les dégoiser ensemble ,
tant qu'ils voudront. (*Ils sortent.*)

S C E N E I V.

M. ERMAN, WILHELMINE.

M. ERMAN *prend une chaise et s'assied à côté de Wilhelmine.*

A présent, ma bonne, nous voilà seuls, et vous pouvez parler en liberté.

WILHELMINE.

Avant d'en venir, monsieur, à ce qui me regarde, permettez-moi de vous faire une question... Êtes-vous de ce pays-ci?

ERMAN.

Non, je suis étranger :... j'ai toujours habité une autre contrée, et ce n'est que depuis peu que les circonstances m'ont amené ici.

WILHELMINE.

Vous n'avez donc point connu... ce bon... ce digne ecclésiastique, votre prédécesseur ?

ERMAN.

Je ne l'ai point connu, à la vérité, mais j'en ai entendu parler souvent avec éloge ; et sa mémoire est partout en vénération.

WILHELMINE.

Ah! je le crois... Ainsi, monsieur, je vous suis tout-à-fait étrangère.

ERMAN.

Pas tant, peut-être, que vous l'imaginez ; et si le vif espoir que je commence à concevoir, en vous voyant, se réalise, j'aurai trouvé enfin... sous cette apparence peu favorable... un trésor,

qui fait depuis bien long-temps l'objet de mes recherches.

WILHELMINE *vivement.*

De vos recherches, dites-vous ? . . . Et je vous
prie, monsieur, quel est celui . . . Comment. . .
par quelle raison. . . Qui vous chargea de ce soin?

ERMAN *la regardant fixement.*

Un homme dont le nom doit être trop profondément gravé dans votre souvenir, pour que,
j'aie besoin de le nommer ; qui, depuis bien long-
temps, cherche à retrouver un bien qu'il a perdu;
et qui, dans ce moment, où le ciel favorable à
ses vœux, lui rend enfin sa Wilhelmine, le premier
objet de son amour et de sa tendresse, vient
réclamer sur son cœur un droit qui lui appartient.

WILHELMINE *fondant en larmes d'abord, puis
se remettant peu-à-peu.*

Eh bien ! oui, monsieur, je suis cette infortunée
Wilhelmine que vous cherchez ; et celui qui prend
un intérêt si vif à mon sort, est le baron de Wildenheim. Il lui restait donc encore des torts à avoir
envers moi! J'ai cru que la source en était épuisée...
ce n'était donc point assez d'avoir abusé de ces
droits qu'il réclame sur un cœur qu'il possédait tout
entier... Ce n'était pas assez pour moi du plus grand
des sacrifices. . . Ce n'était pas assez d'avoir porté
la mort au sein de mon père. . . ce n'était pas
assez de m'avoir laissé pendant vingt ans, moi et
son enfant, en proie à toutes les horreurs de la
misère : il lui restait encore un dernier trait à me

25

lancer ; et voici, (*tirant de sa poche la bourse qui lui a été envoyée*) qui met le comble à ses outrages... La voilà, monsieur, cette bourse avec laquelle il croit effacer tous ses forfaits. J'ignore dans quelle vue vous êtes venu me trouver... Peut-être envoyé par lui, cherche-t-il à voir par vos yeux l'effet que tant d'années de souffrances ont opéré sur mes sentimens, comme sur ma personne : peut-être vous envoie-t-il me prier, ou m'ordonner de quitter des lieux, où ma présence génerait ses plaisirs ; peu m'importe. . . je n'ai, monsieur, qu'une seule prière à vous faire : rapportez à cet homme si généreux, la bourse avec laquelle il a cru s'acquitter de tout ce qu'il me doit. Dites-lui, que ce n'est point à ce prix que j'ai mis le plus grand des sacrifices. . . dites-lui, que s'il croit que c'est par l'or qu'on répare les crimes, il n'est pas du moins assez puissant pour effacer dans mon âme celui de l'avoir aimé. Dites-lui que toutes les richesses du monde ne me revaudront pas la bénédiction d'un père que j'ai perdue par lui. . . dites-lui que la malheureuse... la pauvre... l'infortunée Wilhelmine, cache encore, sous ces misérables haillons dont vous la voyez couverte, un cœur dégagé de ses fers. . . trop grand, trop noble pour recevoir des bienfaits de celui qui fit son malheur et sa perte. Le don de son cœur était le seul prix digne du mien. Il l'a méprisé. . . je méprise ses richesses. Il a foulé aux pieds tout sentiment d'honneur et de justice... je foule aux

pieds son or. (*elle jette la bourse*) Aussi méprisable
à mes yeux , qu'il me parut grand autrefois , cette
terre que j'habite près de lui me devient insupor-
table ; l'air m'en paraît plus pesant, depuis que
je sais que nous le respirons ensemble : il me
semble à chaque pas y voir le tombeau de mon père
entr'ouvert. L'image de celui qui y fit descendre ses
cheveux blancs avec amertume , me poursuit partout et me ravit le repos. Ah ! qu'il ne pense pas
que je sois venue dans ces lieux pour le chercher.
Si je croyais qu'il pût en concevoir l'idée , sans attendre le retour de mes forces épuisées , je me
traînerais loin des lieux où tout me rappelle mes
malheurs. A présent, monsieur , je crois avoir
tout dit, tout ce que l'état de faiblesse , sous lequel je gémis depuis si long-temps, m'a laissé la faculté de prononcer. Il me reste cependant encore
quelque chose d'essentiel à ajouter : peut-être est-
il des momens, où tourmenté par des remords
qu'on n'est pas toujours maître d'étouffer, il se
rappelle ses promesses, ses sermens, ces jours,
où pénetré d'amour, il me jura de n'avoir jamais
que moi pour femme, qu'il en prit, à mes pieds,
à la face du ciel, notre seul témoin, l'engagement
solennel et sacré. Oh ! dites-lui, que j'ai tout oublié, jusqu'au sentiment même qui dans ce moment m'abuse sur sa sincérité. Il peut être tranquille : jamais je ne lui en rappelerai le souvenir.
Dites-lui, que trop grande, trop fière... Wilhelmine , au sein même de l'adversité , se croirait

manquer à soi-même, en faisant valoir des droits,
que ce n'est qu'en s'abaissant qu'elle pourrait réclamer.

ERMAN.

N'attribuez, vertueuse Wilhelmine... n'attribuez qu'au sentiment profond de mon admiration
un silence que j'eusse rompu cent fois, si, séduit...
entraîné par la plus touchante éloquence, j'eusse
pu résister au plaisir de vous entendre. Qu'il m'est
doux, dans ce moment où je crois voir la vertu
même descendre sur la terre et emprunter votre
organe ; qu'il m'est doux de pouvoir détruire une
erreur qui vous séduit et vous abuse ! Non, charmante Wilhelmine, non, il n'est point coupable,
celui qui fut si long-temps et qui est encore l'objet de votre tendresse. Il l'eût été, et aurait mérité votre indignation et vos reproches, si tout
autre mouvement que celui de l'humanité.....
d'une simple compassion, l'eût déterminé dans
le don qui vous offense ; s'il eût pu penser qu'en
offrant de l'argent il réparait des torts... ah ! il
eût mérité alors que son fils, oui, son fils vengeât
sur son sang une mère offensée.

WILHELMINE *avec la plus grande émotion.*
Son fils ... dites-vous !... quel rapport...

ERMAN.

Ce fut lui, que le ciel, qui ne nous abandonne
jamais, choisit pour donner à l'univers entier,
l'exemple le plus éclatant de l'amour filial, en
mendiant auprès de son père, qu'il ne connaissait

.pas encore, des secours, faute desquels sa mère périssait.

WILHELMINE.

Mon fils!... à son père!... O Dieu!... Et se connaissaient-ils?

ERMAN.

Ils se connaissent maintenant. Je les ai laissés dans les bras l'un de l'autre, et suis venu en toute diligence... non vers une pauvre femme malade, étrangère... mais vers Wilhelmine... vers la tendre la noble Wilhelmine, non de mon seul mouvement, mais envoyé par celui qui fut toujours l'idole de son cœur, et qui brûle de vous rendre le sien.

WILHELMINE.

De son cœur! Il ose me parler de son cœur! Ai-je donc oublié tout ce que le mien a souffert? Ai-je donc oublié toutes mes peines, tout ce qu'il m'en a coûté, et ce qu'il m'en coûte encore pour en effacer le sentiment qui lui donnait la vie, le seul qui me fit chérir mon existence? A-t-il pu oublier... je ne dis point l'amour, mais au moins la justice qu'il me devait? Eh bien! qu'il la rende à son fils, cette justice... je transmets tous mes droits sur un objet si cher; qu'il fasse son bonheur; et ma reconnaissance, à jamais assurée, est un tribut... mais c'est le seul que je veuille bien encore avoir à lui offrir.

ERMAN.

Vous lui devez davantage; et quand les véritables motifs de sa conduite vous seront dévoilés. . . quand ce bandeau qui fascine vos yeux sera levé, vous ferez grâce à un coupable , dont les torts ne furent jamais l'ouvrage de son cœur. Vous vous rappelez sans doute , aimable Wilhelmine , le jour que plein d'un d'amour ardent et sincère, il s'arracha de vos bras, pour suivre le chemin qui l'appelait à la gloire , où votre image fut toujours son égide et sa compagne fidèle. Peu-à-près il s'engagea un combat dans lequel il fut blessé et fait prisonnier ; on le transporta dans un village , dont le seigneur habitait un château attenant. S'étant informé de lui et ayant appris qui il était , il n'eut rien de plus pressé que de le faire transporter dans sa maison , où il le fit soigner pendant sa maladie, qui fut très-longue , avec toute l'attention et les égards dûs à son rang. La fille unique de ce seigneur , jeune , belle et puissamment riche , ayant occasion de le voir fréquemment, prit pour lui des sentimens qui devinrent de jour en jour plus vifs et plus marqués. Le baron ne tarda pas à s'en appercevoir : naturellement sensible, il en fut touché ; et la vanité, l'ambition , se joignant à la reconnaissance , formèrent un lien , dans lequel le cœur ne jouait qu'un rôle très-passif. Aussi ne tarda-t-il point à venger cette offense, et à réclamer ses droits ; et quelque puissante que fût la loi du devoir sur l'âme du baron, elle ne put parvenir à détruire un sentiment que l'ambition, l'illusion de l'amour-propre, n'avait

qué légèrement étouffé. Chaque jour, malgré ses
efforts, il renaissait de ses cendres, et votre
image, qu'il s'efforçait envain d'éloigner de son
souvenir, le poursuivait partout sans relâche ; ce
fut dans le dessein de produire, par une absence
totale, un oubli devenu nécessaire à son repos,
qu'il prit le parti de renoncer à sa patrie, et de
se fixer en France : mais ni la distance des lieux,
ni le tourbillon du monde auquel il se livra entièrement, ne purent lui faire oublier ses premiers
sentimens ; et celui du remords s'étant peu-à-peu
glissé dans son âme, détruisit par son fiel la douceur qu'il avait toujours éprouvée en pensant à
vous. Il devint triste, sombre, rêveur. Son humeur s'altéra, sa vie domestique ne fut plus qu'un
tissu de tourmens : ce fut à cette époque que j'eus
occasion de lier connaissance avec lui. Mon commerce lui plût. Aux cœurs affligés, la voix de la
sensibilité trouve un accès facile. Le sien cherchait
depuis long-temps quelqu'un qui l'entendit, et il
ne tarda pas à s'ouvrir à moi. Je devins bientôt son
confident et son ami ; et la mort lui ayant peu
de temps après enlevé sa femme, il me proposa
de venir demeurer avec lui, et me confia l'éducation de sa fille unique. Ce fut alors que, libre
de tout lien et de toute contrainte, il s'aban-
donna dans mon sein à toute sa douleur. Oh !
combien de fois recueillant les pleurs qui coulaient
de ses yeux, le cœur gros de soupirs, votre portrait en tiers avec nous, ne s'est-il pas écrié dans

mes bras : ô ! mon ami! voyez-là. O combien elle
est vengée ! Enfin voyant sa santé dépérir, son
âme de plus en plus affaissée, je l'engageai à retourner dans sa patrie, espérant de l'air natal un
succès favorable. Il saisit cette idée avec joie. Oui,
mon ami, me dit-il, partons... tâchons de découvrir où est Wilhelmine : cherchons-la... ne
perdons point de temps. Depuis ce moment, que
de soins, que de peines ne me suis-je pas données !
et toujours inutilement! Il appartenait à une puissance, supérieure à tous nos projets, d'assigner
un temps prescrit à cette intéressante découverte.

WILHELMINE.

Que la persuasion est facile ! qu'il est aisé de
convaincre, quand le cœur est de moitié avec le défenseur ! Vous m'invitez au pardon... et j'y suis déjà
disposée. Mais quelle fin puis-je entrevoir à tout
ceci? Mes forces sont épuisées, mon âme est flétrie,
le sentiment qui animait son existence n'est plus
qu'une faible étincelle, qui la réchauffe à peine.
Je n'ai plus la faculté de penser, d'agir ; plus de
courage : j'ai besoin de soutien, d'un guide : qui
le sera ?

ERMAN.

Celui qui le fut toujours. Douteriez-vous de sa
puissance, quand son bras, vous soutenant au
travers les orages de l'adversité, vous amène enfin heureusement au port ; quand, après des jours
sombres et nébuleux, il fait luire sur votre destinée future la plus brillante aurore ; quand, au

travers de sa naissante clarté , il vous fait appercevoir le prix réservé à vos vertus. Venez le recevoir de celui qui vous le doit ; rappellez vos
forces , votre courage : rappellez-vous à vous-
même , et jugez de ce qu'une conduite aussi soutenue que la vôtre est en droit d'attendre ; allons...
charmante Wilhelmine , consentez à venir avec
moi : j'ai tout prévu , ma voiture vous attend ;
partons. . .

WILHELMINE.

Qu'osez-vous me proposer ? Quoi !... j'irais...
je pourrais !... Ah ! monsieur , jetez les yeux sur
moi. Voyez ces haillons , cette empreinte de misère : tout en moi peint le malheur et l'infortune ;
et j'irais , dans cet état !... je présenterais le tableau
de mes maux aux yeux de leur auteur ! Le premier coup-d'œil qu'il jeterait sur moi , porterait
dans son âme la honte et le reproche. Ah ! je
fus accoutumée à y produire des sentimens plus
doux. Cet heureux temps n'est plus. Il n'y faut
plus penser.

ERMAN.

Cœur noble ! âme vraiment généreuse ! sentiment au-dessus du malheur ! Non , vous ne pri-
verez point mon ami d'un trésor aussi précieux
pour lui : vous recevrez de sa main un fils sur lequel vos droits vont être communs. Pensez qu'un
même intérêt vous anime : pensez à cet objet
chéri , qui va devenir celui de votre mutuelle tendresse , pensez . . .

26

WILHELMINE.

Eh bien ! pour lui, je ferai tout. Je me soumets à tout : pour lui j'ai bravé la honte, en-
duré la misère. Je me sens capable d'un plus grand
effort encore. Oui, je pourrai me résoudre à porter dans l'âme de celui qui me fut plus cher que
mon existence, un sentiment pénible et douloureux. Allons : mais auparavant, il me faut prendre congé de mes hôtes... Ah ! de mes vrais amis !

ERMAN.

C'est bien juste ; et je vais les chercher. (*il*
appelle) Lucas ! Brigite !...

S C E N E V.

Les précédens, L U C A S, B R I G I T E *accourant*.

BRIGITE.

Nous voici, monsieur le pasteur : ah ! bon
Dieu, regarde donc, Lucas ? La vela sur ses deux
pieds comme une oie. La bonne femme ! je ne
l'avions jamais vue droite toute d'une venue comme cela !

ERMAN.

C'est par vos soins, mes enfans, que cette digne
femme a été rappelée à la vie. Il est bien juste
que vous en receviez la récompense. Votre tâche
est finie : je vais l'emmener avec moi ; mais avant
que de vous séparer..... (*ramassant la bourse*
que Wilhelmine a jetée au commencement de la
scène et la leur présentant) recevez ceci. (*Brigite*
et Lucas refusent de la prendre) Prenez, prenez
donc. Cet argent vous est bien dû...

LUCAS.

Brigite.

BRIGITE *pleurant.*

Lucas.

LUCAS.

Morgué , faut-il vous le dire , M. le pasteur ?
je vous croyons plus honnête homme.

BRIGITE *s'essuyant les yeux avec son tablier.*

Oui : c'est bien vrai ça : vela la première fois
que vous nous baillez du chagrin ; et stapendant
je ne le maritons pas, çartainement.

LUCAS.

Est-ce que vous croyez donc que je sommes
comme les gens riches ? que je ne savions pas
faire le bien gratis ?

BRIGITE.

Est-ce que vous pensez que parce que nous
sommes pauvres à présent , nous n'aimons pas à
penser que nous serons itou riches un jour là-
haut ? Faut ni or ni argent pour ça.

WILHELMINE *se jetant au col de Brigite.*

O vertu ! ô mes bons , mes vrais amis ! Ne re-
jetez pas au moins les sentimens de ma plus vive
reconnaissance.

BRIGITE.

Oh ! pour cela passe. J'en voulons bien : c'est le
prix de la marchandise. Vous vous en allez donc ?

WILHELMINE *sanglotant.*

Il le faut ; je le dois.

ERMAN.

Vous voulez bien , mes amis , que j'aie aussi ma

part d'une bonne action ? Vous m'avez donné l'exemple de l'hospitalité , j'emmène cette digne femme chez moi , où je la ferai soigner comme il convient.

LUCAS.

Alle y sera mieux que cheux nous ; çà n'est pas douteux. Je n'avons, nous, qu'un bon cœur, de la bonne volonté pour dix ; mais il faut plus que tout ça pour faire bouillir la marmite.

BRIGITE *embrassant Wilhelmine en pleurant.*

Adieu donc... adieu... tâchez de n'être pus si malheureuse.

LUCAS *lui serrant la main.*

Et quand vous aurez retrouvé vos jambes, faites-le moi dire : je viendrai vous donner le bras pour venir ici.

WILHELMINE (*fondant en larmes les embrasse tour-à-tour et donne le bras à M. Erman qui l'emmène.*)

Adieu, mes bons amis... adieu...

SCÈNE VI.

LUCAS, BRIGITE.

BRIGITE.

Adieu , adieu , M. le pasteur ; ayez-en bien soin, je vous en prie.

LUCAS.

Eh bien, Brigite?

BRIGITE.

Eh bien, Lucas ?

Lucas.

Que dit le cœur ?

Brigite

Il dit qu'il est bien content d'avoir fait ce qu'il a dû faire.

Lucas.

C'est bien dit, morgué. . . Touche-là, et soyons toujours honnêtes gens. C'est la vraie richesse.

SCÈNE VII.

Le Théâtre change, et représente le salon du château comme au second acte.

LE BARON, FRÉDÉRIC.

Le Baron.

Que les momens que je passe avec toi, mon cher Frédéric, coulent rapidement! Qu'ils sont doux à mon cœur! Je ne puis me rassasier du plaisir de t'entendre. Tu fus élevé à l'école de l'adversité et du malheur, et tu ne peux assez chérir un pareil avantage. Le ciel a tout dirigé pour notre bonheur commun. Il me rend en ta personne un fils digne d'appartenir au sang dont tu sors; digne de porter un nom, devenu fameux par une foule d'ancêtres qui l'ont illustré, dont l'éclat n'a jamais été altéré. Dès ce moment, ce nom si grand, si beau, va devenir le tien. Conserves-en soigneusement la gloire. L'état militaire pour lequel tu penches, t'en ouvre le chemin. La carrière où tu vas entrer, est celle de l'honneur : d'avance, je jouis de tes succès. Mon imagination anticipe sur ce moment, et elle s'enflamme à l'idée, que bientôt tu vas augmenter le nombre des héros, dont les noms seront recueillis dans les annales de la postérité.

FRÉDÉRIC.

Mon père ! Qu'il m'est doux de pouvoir prononcer ce nom ! Que ne vous dois-je pas ! Vos bontés me confondent. Je ne puis suffire au sentiment de ma reconnaissance, ni exprimer ce que je sens ; mais... vous ne me parlez point de ma mère !

LE BARON.

Ah ! mon ami, douterais-tu de mon cœur à cet égard ? Douterais-tu que, sensible à la gloire, je le fusse moins à la justice ? Je la lui dois, et je la lui rendrai. J'ai de grands torts à réparer, je le sens ; leur poids pèse si violemment sur mon cœur, même dans ce moment si doux, qu'il en est accablé. Le calme que m'a rendu ta présence en est altéré... Je voudrais... oui, je voudrais pouvoir... Mais, tranquilise-toi... repose-t-en sur moi... tout ira bien... Wilhelmine sera enfin heureuse... nous le serons tous.

FRÉDÉRIC.

Heureuse ! et comment ? De quelle façon ?

LE BARON.

D'abord, je la mets en possession de ma terre de Williamsdorf, qui est à trois lieues d'ici : je l'y établis dame et maîtresse : elle en prendra même le nom, si elle le désire ; tu connais ses goûts, ses plaisirs ; tu auras soin de pourvoir à tout ce que tu croiras propre à y satisfaire. Tu fus assez heureux pour passer ta vie avec elle ; tu auras étudié ses penchans , ses désirs : eh bien ! tu les préviendras tous les jours ; tu la verras , tu jouiras de sa présence. Hélas ! il fut un temps, où, moins coupable , j'eusse pu prétendre à être admis auprès d'elle , en tiers avec mon fils ; où je n'eusse point été indigne de jouir de sa société. C'est un bonheur que je me suis ravi ; il n'y faut plus prétendre ; mes injustices passées m'ont ôté tout droit à son cœur : je sens combien ma présence augmenterait l'horreur qu'elle a pour moi. Trop heureux , si elle veut bien encore recevoir de ma main des bienfaits , comme une légère compensation des maux qu'elle a soufferts !

FRÉDÉRIC.

Et..... sous quel titre , sous quel nom , ma mère jouira-t-elle de tous ces brillans avantages ?

LE BARON *un peu embarrassé.*

Mais ! sous celui qu'elle voudra choisir... celui...

FRÉDÉRIC.

Mon père ! Vous ne m'entendez pas , ou feignez de ne pas m'entendre. Il faut, au moment où il vous est essentiel de connaître mon cœur, le connaître tel qu'il est. Il fut formé par les soins de ma mère ; et en le formant d'après ses principes, elle y fit régner la franchise , et en écarta soigneusement la flatterie et la dissimulation... Le seul présent qu'elle fut en état de me faire , fut celui

de son nom, elle me le donna en naissant; et jusqu'à présent je n'en connus pas un plus beau, plus
grand et plus noble. Celui de Wildenheim que
vous m'offrez ne peut recevoir d'éclat, n'avoir
quelque prix à mes yeux, qu'en s'associant au sien.
Consultez là-dessus les mouvemens de votre cœur,
la justice. Le mien qui n'eut jamais d'autre règle,
s'explique ici sans feinte. Ou Wilhelmine Burchel
sera Wilhelmine Wildenheim, ou votre fils, renonçant aux titres, aux honneurs, à la fortune,
à tous ces frivoles avantages que vous m'offrez,
vivra et mourra sous le nom qu'il a porté jusqu'à
ce moment, et qui lui fut donné par sa mère.

(*Il sort.*)

SCENE VIII.

LE BARON, M. ERMAN.

LE BARON *seul.*

Il sort!... il me quitte! et moi, étonné, con-
fondu, je le laisse aller sans lui répondre... est-
ce pusillanimité? est-ce faiblesse ? Pourquoi- donc
mon cœur n'est-il pas content ? D'où vient qu'il
murmure? Je croyais jouir enfin du calme et du
bonheur que me promettait le retour d'un fils, et
je ne me sens que plus troublé encore. Ah ! Wilhelmine ! Wilhelmine ! tu es là... je t'entends,
que dis-je! Je sens que toujours je t'adore, et cependant je dois renoncer à toi!... y renoncer? Oui ;
tout m'en fait la loi, tout l'exige, mon état,
mon rang, ma fille: Ah ! que le bonheur est loin

de nous ! (*à M. Erman qui entre*) Venez, mon
ami, venez me raccommoder avec moi-même :
j'ai besoin de vos conseils. Vous l'avez vue ?

ERMAN.

Oui, monsieur le baron : je l'ai vue.

LE BARON.

Et comment vous a-t-elle reçu ? A-t-elle daigné
s'informer de moi ? Enfin, mon ami, vous qui
lisez si bien dans mon cœur, avez-vous pu péné-
trer dans le sien ? Croyez-vous qu'elle veuille recevoir avec quelque bonté les dons que je veux
lui faire ? Voudra-t-elle être heureuse et tenir de
moi son bonheur, ce bonheur qui sera désormais
l'objet de mes soins les plus empressés ? Je tra-
vaillerai sans relâche... Oui, mon ami, le sort
de Wilhelmine est assuré. Plus de malheur, plus
d'infortune : je ferai tout pour elle... hormis...

ERMAN.

Hormis ?...

LE BARON.

Mon ami, vous sentez bien vous-même ce que malheureusement il faut que j'excepte, ce que je dois
aux considérations d'une ancienne noblesse, au
rang que j'occupe dans le monde, à la pureté du
sang, qui, d'aïeux en aïeux, coule dans mes veines,
ce que je dois à la mémoire de mes ancêtres, à
moi-même enfin. Oui, quelque douloureux que
soit pour moi un pareil sacrifice, dans ce moment
surtout, où je parais toucher au bonheur, il faut
m'y résoudre. Un préjugé injuste, je l'avoue,

27

mais adopté , reçu', me force , quoiqu'il m'en
coûte, de renoncer à ma propre félicité.

E R M A N.

Et Wilhelmine ? Faudra-t-il 'qu'elle renonce à
l'acquit de la dette que vous avez contractée envers elle ? Comment satisferez-vous l'objet qui
sacrifia tout pour vous ? Mépriseriez-vous un lien
qui unirait la noblesse à tant de vertus ? Et vous
a-t-elle jamais donné lieu de penser qu'elle fut
indigne du rang où vous aviez promis de la placer?
oui , monsieur , promis ; et ici permettez qu'u-
sant du droit que me donne ma charge , je vous
parle en pasteur , aussi-bien qu'en ami. Appelle-
riez-vous mésalliance , un lien qui vous mettrait
en possession d'un objet dont toutes vos richesses,
vos grandeurs , ne sauraient payer le prix ? Quand
elle vous accorda celui que le plus tendre amour,
qu'elle crut , hélas! trop sincère , lui parut mériter,
quelles furent vos promesses , vos sermens ? Qui
fut votre témoin? Et vous pourriez vous prévaloir
de vos titres , d'une noblesse insignifiante , pour
devenir à-la-fois parjure et faussaire ? Quels sont
les avantages que vous offrez en compensation
de tant de malheurs , de tant de souffrances et de
tant de vertus ? Ah! rendez grâces au ciel , qui
vous accorde en ce moment la liberté et le pouvoir de lui payer le prix que la justice, l'honneur,
et le sentiment de votre propre bonheur lui ont
assigné. C'est votre main aussi bien que votre
cœur qu'il faut à Wilhelmine ; et gémissez de

n'avoir rien de plus à lui offrir. Par ce don, qui
lui est dû, vous faites votre propre félicité, tout
autant que la sienne : vous vous réconciliez, non-
seulement avec vous-même, mais avec celui que
vous avez si grièvement offensé, en sa personne ;
avec le ciel, qui reçut vos sermens, qui les garda
en dépôt jusqu'à ce jour, et qui ne vous les
rendra, que lorsque vous vous serez acquitté vis-à-
vis de celle qui en fut l'objet.

LE BARON.

Votre voix, mon ami, a pénétré mon âme. Elle
y a reveillé le sentiment de la justice et de l'honneur. Uni à l'amour le plus tendre, je me soumets
à son empire, oui, j'épouse Wilhelmine, j'abjure
un préjugé fatal à mon bonheur, à mon repos :
je veux être heureux, je veux devoir mon bonheur
à la vertu.

ERMAN *l'embrassant.*

O mon ami ! quel moment pour mon cœur !...

LE BARON.

Où est-elle ? que je la voie ? La voir ! Non pas
encore. Je ne m'en sens pas le courage. Que
l'homme dominé par le sentiment de la honte et
du reproche est faible et pusillanime ! Je sens que
je n'aurai pas la force de lever les yeux sur elle.
Ce n'est qu'au pied des autels ; ce n'est que lorsque je cesserai d'être coupable que je pourrai l'envisager. Hâtez donc, mon ami, le moment d'une
union qui doit assurer mon bonheur, le sien et
celui de mon fils.

E R M A N.

Non, monsieur le baron, trop de précipitation
dans une affaire de cette importance nuirait au
mérite d'une si belle action. Il faut que le triom-
-phe que vous accordez aux vertus constantes de
Wilhelmine lui soit rendu d'une manière sensible
et éclatante. Tout le village doit être témoin de
la réparation que vous allez lui faire, et qu'on
vous rende enfin publiquement à tous deux, la
justice qui vous est due.

LE BARON.

Eh bien, mon ami, je m'abandonne à vous;
faites tout comme vous jugerez à propos. Mais
comment me recevra-t-elle? Trouverai-je accès
auprès de son cœur? me sera-t-il un juge favorable? Ah! je l'ai trop offensé : et ma fille? mon
Amélie... je lui dois un aveu...

E R M A N.

Je l'apperçois qui vient à nous avec monsieur
le comte ; voulez-vous?...

LE BARON.

Oui, mon ami, amenez-les ici. Dieu! comment
lui dire! Allons... la pureté de mes intentions
m'enhardira à parler.

SCENE IX.

Les précédens, AMÉLIE, LE COMTE.

LE COMTE.

A vos ordres, mon colonel... Nous venons de
faire, mademoiselle et moi, une promenade dé-

licieuse, divine, en vérité. Mais comment donc, la terre de Wildenheim est un pays enchanté, un paradis terrestre. Heureux l'Adam qui habiterait un pareil séjour, et qui recevant de sa bien-aimée, de son Ève, la pomme qu'elle lui présenterait, lui devrait son bonheur.

LE BARON.

Pourriez-vous, M. le Comte, quittant un instant le figuré et le ton ampoulé, écouter deux mots de bon sens que j'ai à vous dire, et pour lesquels...

LE COMTE.

Deux mots de bon sens! et pourquoi pas? En vérité, M. le baron, vous me pardonnerez, s'il vous plaît, ma franchise : mais je suis surpris de voir comme vous tenez encore à votre pays. Du bon sens! est-ce que l'on en a... Il me semble entendre mon père : oh oui! oui! c'est bien lui, c'est son ton, son langage.

LE BARON.

Il eût été heureux pour vous, M. le comte, que vous vous fussiez appliqué à suivre un aussi beau modèle. Mais, sans nous arrêter à de vaines discussions qui ne meneraient à rien, j'ai à vous faire part d'un événement très-extraordinaire; et très-heureux pour moi, auquel je suis sûr que le cœur de mon Amélie va prendre une part bien sincère, puisqu'il pénètre le mien de la joie la plus pure, et assure mon bonheur. Le ciel, par une bénédiction toute particulière, me rend un

fils qué j'avais perdu. Oui, un fils né de mon
propre sang, digne en tout sens de partager avec
toi, mon enfant, mon rang et ma fortune. Tu
voudras bien, n'est-il pas vrai, mon Amélie, le
recevoir et l'aimer comme un frère ? Ce jeune
homme pour qui tu t'intéressais déjà, avant de
le connaître, qui m'attaqua à la chasse... Vous
vous en souvenez, M. le comte, lorsque au lieu
de me secourir, vous courûtes à toutes jambes, et
que loin...

LE COMTE.

Oui, oui. J'en ai une idée confuse... Comment!
ce coquin était votre fils ? Fi donc, M. le baron...
fi donc : mais les preuves, je vous prie, où sont
les preuves? Mais, monsieur, mon père m'a toujours dit, que vous n'aviez qu'une fille, qu'elle
serait votre unique héritière. Je me suis arrangé
là-dessus, voyez-vous; et tout ce que vous me dites d'ailleurs sont des absurdités qu'on ne saurait concevoir, des énigmes qu'on ne saurait expliquer: on m'en a souvent exposé de plus simples,
où je ne voyais pas plus clair. Ainsi, M. le baron,
vous me permettrez...

LE BARON.

Ainsi, M. le comte, vous me permettrez une
bonne fois de vous dire, qu'il y a bien long-temps
que vos propos m'ennuient. Croyez, ou ne croyez
point, peu m'importe ; la chose n'en est pas
moins comme j'ai l'honneur de vous l'assurer. La
solution de ce problême est au-dessus de votre

portée, je le vois bien , et je ne m'arrêterai point
à le résoudre ; ainsi sans entrer là-dessus, vis-à-
vis de vous , dans des explications superflues , je
vous dirai simplement...

LE COMTE.

Ah ! j'entends , j'entends , j'y suis ; je sais ce que
c'est : on est jeune , une fois ; on a le cœur tendre... on s'oublie... on fait une folie. Oh ! qui
n'en fait pas? Moi, qui vous parle, j'en ai fait
comme un autre. Cela arrive à tout le monde :
il n'y a pas de mal à çà... pas de mal. Un petit
voyage én France vous guérit de tous les petits
scrupules qu'on pourrait avoir à cet égard-là :
et dites-moi , je vous prie , M. le baron , la mère
de cet illustre héritier était-elle jolie? Là , pas-
sable? Et son nom? Car quelquefois ces créatures
ont des noms...

LE BARON.

Celle qu'il vous plaît de nommer créature, je
l'épouse. Ce nom dont vous êtes si curieux, je
l'associe au mien, et crois ne pouvoir lui donner
un plus beau relief.

LE COMTE.

Mais , vous badinez, mon colonel ; vous badinez.
La plaisanterie est par trop forte aussi. Il se répand ici une odeur de mésalliance, qui, si vous
n'y prenez garde, va empester ce délicieux séjour.
Vraiment je ne sais plus que penser de tous ces
propos-là : je m'y perds. Vous avez retrouvé un
fils, dites-vous ; jusques-là, il n'y a rien à dire. Un

homme, un peu comme il faut, un homme du monde est par fois sujet à ces sortes de rencontres. On ne fait pas plus d'attention à cela qu'il ne faut, et l'on a cent moyens pour se défaire de ces drôles-là, sans s'en embarrasser ; j'en ai deux, pour ma part, que je destine aux arts mécaniques... oui, aux arts mécaniques. Il n'y a que cela ; quand j'en aurais dix, ils seraient tous menuisiers.

LE BARON.

Et le mien sera gentilhomme. Voilà la différence.

LE COMTE à *Amélie.*

Mais, mon adorable, vous ne dites rien à tout cela ! C'est votre cause cependant que je plaide. On vous attaque : on cherche à vous nuire : on veut vous écraser, vous, l'unique héritière...

AMÉLIE *se jetant au col de son père.*

Ah ! je n'ai rien perdu : il me reste le cœur et l'amour de mon père.

LE BARON *l'embrassant.*

Chère enfant ! je n'en attendais pas moins de toi ; tu sauras tout, mon Amélie. (*se tournant vers le comte*) M. le comte, je commence à craindre en effet, que l'air de ce pays ne vous soit défavorable. Il pourrait être funeste à votre petite santé. Le séjour enchanté, le paradis terrestre, va devenir pour vous un séjour très-froid et très-ennuyeux ; d'ailleurs il doit se passer ici une scène dont la nouveauté pourrait vous causer une crispation de nerfs, nuisible à votre tempérament. Je crains, si vous veniez à en être témoin, que tous vos flacons ne s'épuisassent et ce serait dommage... Le temps est beau, le soleil demain sera brûlant ; rien de plus favorable dans cette saison aux voyageurs , que le clair de lune. Il en fera un ce soir... oh ! délicieux. Si j'avais un conseil à vous donner...

Le Comte.

Je..... je vous entends, mon colonel... J'en profiterai. D'ailleurs, je ne suis pas venu ici pour vivre en société avec des voleurs de grand-chemins : mais, que personne ne se dérange : point d'attention à moi, je vous prie ; à la française... à la française... je m'en irai tout doucement... *C'est ainsi qu'en partant je vous fais mes adieux !*

(*Il sort en frédonnant.*)

SCENE X et Dernière.
LE BARON, AMÉLIE, M. ERMAN.

Le Baron.

Nous en voilà débarrassés..... Viens, mon Amélie, viens dans les bras de ton père ; viens recevoir la première effusion d'un cœur, qui dès ce moment seulement commence à goûter le bonheur. Tu l'as vu souvent, ardent à le chercher, sans pouvoir l'atteindre, prêt à succomber sous les efforts d'une vaine poursuite ; c'est que les remords dont il était assiégé, en barraient le passage et l'empêchaient de le saisir. Rappelles-toi ces momens, où, l'air sombre, l'œil humide, le regard fixé en terre, ta présence même m'était

28

importune ; tes caresses enfantines dont tu cher-
chais à me distraire, n'apportaient aucune diver-
sion à mes tristes pensées ; elles restaient sans
effet ; inquiète alors sur ma situation, combien
de fois ne t'ai-je pas vu prête à m'arracher mon
secret, par tes touchantes sollicitations ! mais,
le moment n'était point venu, il l'est aujour-
d'hui. Le ciel satisfait de vingt ans d'épreuves
vient de mettre un terme à mes malheurs. Il
m'a fait retrouver celle qui fut l'objet de mon
premier attachement. Les torts que j'eus avec elle
firent pendant long-temps mon supplice, comme
le sien ; ils vont être réparés, et je veux goûter
enfin, mon Amélie, au sein de ma famille, cette
félicité, qui seule procure une âme tranquille et
une conscience sans reproches...

AMÉLIE

Ah ! mon père ! combien vous doublez mon
bonheur ! Il ne manquait au mien que de vous
savoir heureux, et vous allez l'être.

LE BARON.

Mon enfant, je n'ai jamais douté de ton cœur ;
je connais sa bonté, sa sensibilité, son attachement pour moi. Je t'avouerai même que j'ai
beaucoup compté sur cet attachement pour l'acquit d'une dette que je ne saurais payer, si tu
ne viens à mon secours. Ce n'est pas assez de
m'être acquitté envers un objet qui fut, de tout
temps, celui de ma tendresse ; d'avoir satisfait
à ce que je dois à mon fils, à moi-même ; il

me reste un ami à l'égard duquel je sens mon insuffisance. Je lui dois beaucoup, je lui dois, tout ; Amélie, voudrais-tu payer pour moi ?

AMÉLIE *se jetant à ses pieds.*

Mon père !... vous avez lu dans le cœur de votre fille, vous connaissez ses sentimens...

ERMAN *à part.*

Dieu !

LE BARON *la relevant et la présentant à M. Erman.*

Mon ami ! je vous la donne, non comme un tribut de ma reconnaissance, mais comme le prix de vos vertus. (*Erman veut se jeter à ses pieds : le baron l'en empêche, il l'embrasse, et unit sa main à celle d'Amélie*) Elle est à toi. (*lui mettant la main sur la bouche pour l'empêcher de parler*) Chut... chut... point de remercîmens... fais son bonheur, et j'aurai trop peu fait pour toi. A présent tout n'est pas fait encore ; il me reste la plus importante des tâches à remplir. Mon ami, vous m'entendez ; où est-elle, où est Wilhelmine ?

ERMAN.

Je l'ai fait passer dans votre cabinet. Voulez-vous...

LE BARON *avec la plus grande émotion.*

Quoi ! elle est ici !.... dans cette maison ! je ne la croyais pas si près de moi. C'est ici que je la vis pour la première fois : c'est ici qu'elle reçut mes sermens ; c'est ici que ses yeux, dont j'avais si long-temps épié le regard, se levèrent enfin sur moi, et que j'y lus l'aveu de son

-amour. Ils vont se lever encore et je n'y lirai plus que le reproche. Allons, ce sera ma dernière peine. Il faut la subir ; je ne l'ai que trop méritée. (*à Erman*) Allez, mon ami... (*Erman veut sortir, le baron le retient*) Mais non, attendez... Si j'allais la trouver... Dieux ! que de faiblesse accompagne la honte ! je brûle et je tremble de la voir. (*à Erman*) Faites venir mon fils (*Erman sort et revient un instant après*) ; il sera mon défenseur, mon appui. Il intercédera pour moi. (*après un moment de silence, il fait signe à Erman qui sort*) C'est par-là qu'elle entrera : je vais la voir... je vais paraître à ses yeux comme un coupable... Dieux ! c'est elle !... je l'entends...

W I L H E L M I N E *entre conduite par M. Erman qui la soutient. Le baron reste à quelque distance.*

LE BARON.

Wilhelmine !

W I L H E L M I N E *l'apperçoit, jète un cri et tombe évanouie dans les bras d'*Erman, *qui la place sur un fauteuil ; dans ce moment* Frédéric *accourt, se jète à ses pieds en s'écriant :* ma mère ! *tandis que le baron s'y précipite de l'autre côté, et saisit une de ses mains.* Amélie *et* Erman *restent sur le bord du théâtre.*

LE BARON.

Wilhelmine ! entends ma voix ! C'est celle de l'amour et du repentir. Ouvre les yeux, reconnais ton amant, ton époux, vois ton fils à tes pieds comme moi, solliciter ma grâce : dis ? Pourras-tu me pardonner ?

WILHELMINE *ouvre les yeux , reconnaît le baron*
et jète ses bras autour de son col.

Te pardonner !... as-tu donc été coupable !
Ah ! quels torts, la douceur de cet instant ne me
ferait-elle point oublier !... Je te revois, je revois mon fils. Va, tout est effacé.

LE BARON.

O Dieu ! mon cœur ne peut suffire aux transports de sa joie. En est-il de plus pure ? Est-il
des sentimens plus délicieux que ceux de la vertu ?
Ma Wilhelmine ! mon fils ! goûtons ensemble , à
jamais , les avantages qu'elle procure. Sachons les
mériter ; rendons sans cesse hommage à celui
qui a tout conduit , et qui après tant de traverses
nous fait entrer enfin heureusement au port.

FIN.